竹久夢二のすべて

野村 桔梗

もくじ

竹久夢二のすべて

序章　絵の中の女

「ああ、本当に、あの人はこの世にいたのだ」

出逢いの衝撃に立ちすくむまま、青年はその人の後ろ姿を見つめていた。その人は玄関脇の洋間の壁にかかっているアールヌーボー調の鏡の前に立ち、丸髷《まるまげ》に結い上げた後ろ髪のほつれを直しているところだった。

青年はその鏡に映った彼女の面長な顔を凝視した。そこで、二人はしばし鏡面を通して見つめ合った。

鏡越し、その人は青年に微笑を見せた後、振り返り、来客である彼らの前へ進んだ。ゆったりとした歩調は、彼女の細い肢体の柔らかな曲線を悩ましくなめらかに揺らした。

「あいにく、先生はおりませんの」

意外なほどに低く掠《かす》れた声がした。

青年の目前には、少年のころからずっと憧れ続けていた幻のあの女性《ひと》が障子に物憂《ものう》げにもたれかかりながら佇《たたず》んでいた。

幻だったものが顕在化されたとき、人は言葉を失う。

青年は沈黙したまま俯《うつむ》いた。

青年の同行の男性が聞く。

「あなたは……」

彼の目もまた、天女を見たかのような輝きで彼女を見つめていた。

「あなたは……夢二先生のモデルの？」

彼女は眠たげな目をして玄関の土間に目をやりながら
「ええ、まぁ……」

と、だけ答えた。

「ああ、やはり、先生の絵から抜け出たような……」

男性が青年の心を代弁するようにつぶやくと、彼女はさらにそっぽを向いた。

「いいえ……あの女の方とは違いますわ」

と、吐き捨てるような言い方をした。

「そうですか？　あまりにあのモデルの方と……」

彼女は消え入りそうな声で言った。

「いいえ……私はお葉……」

彼女の目は空を見つめたままだった。その姿もまさに竹久夢二の夢二式美人といわれる、彼の絵の中の腺病質で儚《はかな》げで物憂げな美しいあの女性そのままの様子であった。

それはこの青年が子供のころから憧《あこが》れ続けた麗《うるわ》しの女性だった。絵の中の情調だとばかり思っていた架空の女性のはずだった。そのときの青年には、目前の女性が自分の記憶には当てはまらないあまりにも年若いことに気がつきようもなく、胸を高鳴らせているばかりだった。

目前にはその人がいる。全身に狂おしいほどの哀切を湛《たた》えて。

その一部始終を見つめていたのは不二彦少年だった。少年は夢二の次男。そして、この少年が見つめていた紅顔の青年は川端康成。後に日本人初のノーベル文学賞を受賞しながら「私がもらっていいものか」と謙遜の弁をもらした、あの小説家である。

このとき、不二彦少年はモデルのお葉が「あの女性は私ではない」とつぶやいた、その哀《かな》しみもすべて見通していた。

この、東京は渋谷にあった夢二のアトリエ「少年山荘」にまたひとつの別れがおとずれようとしていた。

大正十四年の出来事だった。

第一章　夢みる浮き草

明治三十九年。東京の早稲田鶴巻町「つるや」という絵葉書屋に美しい女性がいた。名をたまきという。

彼女が夢二の最初の妻となる。彼は初婚だったが、たまきはこれが再婚であった。だが、そんな過去を払拭してしまうほどたまきは魅力的な人だった。

夢二が二歳年上のこの女性に激しい恋をしたのも、彼女の過去に結婚歴、夫との死別、生まれてすぐに里子《さとご》に出した子供が存在するという、人生の重みをも押し退《の》けて彼女を妻にした気持ちも、その女を目前にすれば誰にも頷《うなず》けるものであった。

その当時、二人は出逢うべくして出逢った運命のツガイのようでもあった。

彼女の死別した夫は元絵画教師、たまきは絵描きという人種には理解を示していたはずで、東京に兄を頼って出てきた先では、「つるや」という絵葉書屋を営んでいた。その店は夢二が苦学して通う早稲田実業の目の前にあり、二人はそこで知り合ったのだ。

つるやの女主人の姿を目にしたとき、電光が走った。夢二はそれまで自分が探し続けてきた理想のモデル、理想の女性に出逢ってしまったのだから、これが愛にならぬわけがない。

出逢いの当時の夢二は、社会主義に傾倒し、芸術家かぶれの薄汚い貧乏青年であった。一軒の店を兄によってまかされている美貌の未亡人は、少々高嶺の花だった。

「あなたのその髪の毛、私はきらいです。見苦しいわ」

こともなげに、たまきは言い放った。夢二は不精なところがあって、放っておけば風呂にも入らず、髪の毛は肩までの長髪になり、束を作ってよれているようなこともあった。憧れのたまきにそう言われて、次の日のこと。つるやに現れたのは別人のようだった。

「さっぱりしたでしょう」

その青年は、きっちりと髪を刈り上げて無精ひげを剃ったさわやかな笑顔でたまきの目に飛び込んだ。いたずらっぽく大きな二重の眼が「どうだ」と言わんばかりにキラキラ輝いていた。

二十三歳、若くはちきれんばかりの夢二の姿だ。同時にそこには、女人の手を介在しなければどうにもならないダメな男と、母性本能をくすぐる愛嬌もあった。こうして、たまきも彼に魅《ひ》かれていった。

それがきっかけで、夢二は自ら描いた絵葉書をつるやに置いてもらい、それらがとても好評で、商《あきな》うたまきの役に立つようになった。そして、たまきは夢二の才能を買った。「この人はすごい絵描きになるはずだ」と。

たまきがいくら後家であるとわかっても、これだけの美人であるがゆえ求婚者は後を絶たなかったが、その恋敵を蹴落《けお》とすために、夢二は持ち前の無鉄砲を発揮した。

「たまきさんをいただきます」

いきなり婚姻届をたまきの兄に差し出した。たまきの兄も商売人なだけあって、彼の才能を見越していた。そして、二人は結ばれた。

二人は夢二の若さと押しの強さ、たまきの類《たぐい》まれな美しさで惹《ひ》かれ合い、愛し合った。

「まあちゃんは理想像だ」

と、夢二は絶賛し、彼女を愛称の「まあちゃん」と呼んだ。

だが、二人の蜜月《みつげつ》は長くは続かなかった。

たまきの不幸は、すでに夢二との第一子である虹之助《こうのすけ》を出産したころから始まっていた。

夢二は自分の絵のモデルを愛する。モデルは理想の女性のままで、それは不変でなければならなかった。そこには女の土着した力強さは必要とされなかった。女は人形のように愛《いと》しむものだった。

放浪者の夢二。その名のとおり、夢の中を生きるロマンチストの夢二。

「夢だけ食べて生きていけるもんですか！」

たまきはいつも鬱憤《うっぷん》を吐き捨てた。彼女はとても気性の激しい女性だった。黙っていれば絵の中で薄笑みを浮かべる弱弱しい人にしか見えない彼女も、絵から抜け出て生活していかなければならぬ。

「明日のおまんまをどうしようかと私は悩んでいるというのに。なのに、あなたは引越しだの、旅だの、絵の具がいるだのと。まったく金勘定のできないろくでなし！」

責められたら黙りこむ男だった。だが、

「おまえのために挿絵《さしえ》を描いているではないか」

さすがの夢二も反論した。

「社会主義だの、何だの、平和がどうの。そんな新聞から雀《すずめ》の涙のようなコマ絵代を貰《もら》ったからって、何の生活の足しになるの」

夢二は学生時代から社会主義に傾倒し、平民社に出入りしていた同志だった。その伝手《つて》で『平民新聞』に挿絵を描いていた。その男の社会的な志は、生活苦にあえぐ若妻には理解不能のものだった。

「平和主義が聞いてあきれる。まずは家庭を、女房を平和にしておくれ」

現実的な女の懇願だった。

夢を食べていたい夢男の目の前の天女の偶像は、生活をともにすればするほど少しずつ崩壊していくものだった。あたりまえのことなのだ。

女は子を孕《はら》む。愛し合えば当然のことだ。あたりまえのことなのだ。なのにあたりまえのことに素直に従えない悲しい性の男だった。

長男の虹之助は結婚して一年後に生まれた。初めての子供に夢二も喜びはしたが、安穏《あんのん》な家庭にどっぷりつかったなかで芸術活動ができるはずもなかった。

たまきの前夫は同じ絵描きでも、安定した教職に就いていた。そして、平凡な毎日を送れる人だった。だが、この年下夫は、フラフラと足もと定まらず、夫として、父親としての自覚に乏《とぼ》しい。そして、さらに金銭的なことに疎《うと》く、生活観にまったく欠けていた。

それでも、努力をしているつもりだった。妻子のために割の良い大手の読売新聞に挿絵を描く仕事をとった。その挿絵のために取材旅行に行かねばならぬ。これが夢二の風来坊癖を再発させた引き金でもあった。

　妻子を置いて、しばらく家を空ける。その間の生活費は知らん顔。創作に夢中になるとすっかり現実に目を向けなくなる困った人だった。

　虹之助はイライラと夫を待つ母親の背中で飢えて泣いていた。夫を待つだけでは生きていけない妻は、自分の着物を何回目かの質入れに向かっていた。

　夢二が取材の旅の途中のこと、岡山県から竹久家の父親がこの二人の侘《わび》しい住まいに上京してきたのが、さらなる不幸の始まりだった。

「あいつには金を貸したままだ」

　義父は言う。寝耳に水だった。たまきは自分の着物が一枚ずつなくなってパンになるのを泣く泣く見送っていたのに、父親に無心していた夫が憎らしかった。

　侘しい住まいに青白い女……背中に負われた乳飲み子は母の不安を感じ取ってか泣き止まずに、この祖父の目には捨て子のように不憫《ふびん》に思われた。

「絵描きなんぞになりおって。あの馬鹿が」

　実家は酒の醸造と取次ぎをしている商家だった。そのため、画家になりたいという夢二の意思に反対し、せめて高校だけは実業本科に行ってもらいたいと、美術学校へは行かせなかった父親だった。

「私のところに孫をしばらくよこしなさい。君もゆっくり休まなければ体がもたないのではないか」

疲弊しているたまきに義父はやさしく手を差し伸べた。それは実は悪魔のささやきであることに気がつかなかった。

義父はこの孫を放蕩《ほうとう》息子の代わりに跡取りにしようと考えて、養子にする心づもりでいたのだ。確かに、不安定な生活と癇癪《かんしゃく》持ちの母親、家庭を顧《かえり》みない名ばかりの父親に育てられるよりは子供にとっては幸福だったかもしれない。たまきは子供とも夫とも引き離されることになった。

不幸が重なったせいで、夫婦の絆にもヒビが入り、二人はその年に協議離婚をしたのである。

夢二は二十五歳。まったく夢見がち、まだまだ若すぎた。


——女よおまへとつれそうてからもう三年になる。

己は、一日として、おまへが己の妻だと感じたことがない。

今日は、はじめて、しみじみとおまへが私につれそふてゐることを知つた。然し、それを知つた時は、もうおまへに飽きてゐる時だつたのだ。

◇

二度の結婚に破れた女。二度目の夫に飽きられた女。父親の違う二人の子供をいずれも乳飲み子のままで奪い取られた憐れな女。引き裂かれた女の傷を癒すのは何だろう。

明治時代の封建は、いかに女性解放運動が盛んになりはじめ、女性の自立がささやかれようとも、そうやすやすと独り立ちする術を与えてはくれなかっただろう。

たまきは夢二と結ばれた女性だけあって、気性は激しくとも、杜撰《ずさん》で甘く弱い部分をもった人だった。当然ながら主婦向きの人ではない。

結果的に二人も子供を捨てたというのに、彼女が自立の道に向かって選択したのは、他人の子供の面倒を見るという保母の資格を取ることだった。そのために勉強をしようと決意し、兄の世話になりながら下宿を借り、保母伝習所に通うことにする。

そんな彼女の柔《やわ》な決意が目的に到達するはずがないことは想像にたやすい。自分の子さえ保育することができない母に。

一方、女のぬくもりを、甘える膝を求めてやまない甘えん坊の風来坊が、絵のモデルとしても利用価値のあるこの女を忘れられるはずがなかった。

離婚後に夢二はたまきの実家のある金沢に旅に出ていた。そこで、彼女の面影に浸りきった。彼女へ書いた手紙がある。


——金沢へ来てみて、はじめて御身をよく理解することができた。御身は母となるにはあまりにチャイルディッシュだ。主婦となるにはあまりに心がのどかだ。情人になるにはあまりに心きよく。……人形よ人形よ、もう御身に決してよき母たれとは言はない、賢き主婦たれと強いない、無邪気にしてやさしき人形として私のものであれば好い。ああ、よき人形よ、私が帰るまでにはおしゃれをして、美顔術へでも往って、美しい人になって、迎へに来てくれたまへ。ほしいものがあったら何でも買って、出来るだけ夢二式のおやつしをしてほしい。

このエゴイズム。この夢想。この現実逃避。すべてを物語る女性観。夢二には絵のモデルとしての女性像しかなかった時代だ。

この一方的なわがままの押しつけの恋文に酔うような女性が、自立した職業婦人の道を歩めるはずもない。その後、夢二は彼女の下宿に入り浸る。彼女の保母伝習所通いの邪魔をし中断させ、ずるずるとした同棲生活が始まる。

明治四十二年、たまきと離婚し別れたときに出版した初の画集『夢二画集・春の巻』がたいへん好評で、夢二にも画家としての春が訪れようとしていた。

「まぁちゃん。おまえというモデルが傍《そば》にいなけりゃ、俺はいけないいんだよ」

一時は彼を忘れて、子供を忘れて一人で生きていこうと決意したのだが、夢二の懇願に負けたたまきだった。

◇

たまきと同棲し始めた翌年、夢二は流行画家になっていた。一冊目の画集がベストセラーになり二作目、三作目と驚異的なスピードで画集を刊行。どれもが飛ぶように売れていく。

創作と花街で浮き名を流すことで多忙な毎日の夢二。一方、置いてきぼりにされた子猫のようにうずくまったたまきの心は、孤独に荒《すさ》んでしまった。

「……疲れてしまったわ」

遠い目をして小さくつぶやいたたまきの声が、あまりに儚げだったことに、さすがの夢二も胸を痛めた。

「ああ、虹之助に逢いたい、逢いたい」

産んですぐに子を奪われた女は、再び男の手もとで安住をすると、母親の感情に沸《わ》き立った。

夢二とて父親だった。それもはじめてのかわいい坊やだった。忘れられるはずがないだろう。もう二歳になるのではないか。やんちゃになったことだろう。

二人は家庭を再建しようと試みた。

そして、たまきは夢二の里から虹之助を連れ戻してきたのである。

三人はその夏、避暑地で休暇を取ることにした。場所は千葉県銚子市海鹿島《あしかじま》。海辺の民宿「宮下」に家族はたどり着いた。

「ほら、ごらん。夕日が反映して海面が宝石のように輝いているねぇ。まぁちゃん、お散歩に出ようじゃないか」

「お腹がすいてもう歩けませんよ」

たまきの現実的な言葉に幻滅する夢二だった。

「夕食までに帰る」

と言い、夢二は独りで浜辺へ向かった。

ここへ来ても独り……楽しみの避暑地に家族で来たことで、意外にもより孤独感をかみ締め合うすれ違いの二人だった。

白い砂浜、小松が群生した小高い丘。浜辺へ続く道は梅雨《つゆ》が明けたというのに、大地はむしむしと蒸気を発し、青く痛い草いきれにおもわず、夢二は目を細める。

この情景は自分の心を暖かく包む。郷愁に誘われるように、彼は砂浜へ向かう。実家の岡山の海に、子供のころに戯《たわむ》れた浜辺に帰ってきたかのように。

砂浜には灰色の鳥の亡骸《なきがら》が打ち上げられていた。渡り鳥が力尽きたか。打ち上げられて幾日たったのか、すでに原型を留めず、何の鳥かは判別できない。哀しいただの骸《むくろ》だ。

耳に届くは波の音だけ。

骸から目を反《そ》らすと、目に入った海際に小さい墓がある。無縁仏か。

この海水から生まれ出た生物のひとつである自分。海は生と死が隣り合わせにいる。

「死ぬのはいやだ」と、考える。

ペシミストの彼の、珍しい生への執着。

そんな折、彼は、日傘を差した女性がこちらに向かってくるのを見た。突然に胸の奥の方がズキンと鳴った。久しくなかった胸の警報だった。恋に落ちるときの危険信号がいつまでも鳴り止んでくれなかった。

彼女は民宿の隣家、長谷川家の三女、カタさんだった。彼女は夢二式美人の憂鬱さがない健康的で西洋人的なはっきりとした面持ちの良家の子女だった。丸髷を結った頭に派手な紅いリボンをつけても、それに負けないほど華やかで目鼻立ちの整ったお姫様のような愛らしい人だった。夫との生活に疲労し始めたたまきとも、今まで遊んできた遊女とも、まったく別世界にいる彼女は夢二の目にあまりにまぶしかった。

次の日、夢二は夕食前になると同じ場所で彼女を待った。彼女はお琴の稽古を終えて、帰宅の途中だった。

「あなたのような人が絵のモデルになってくださると助かるんだがなぁ」

夢二は本心を隠すためにビジネスライクに話しかけた。モデルにするには彼女はまぶしすぎ、実際、筆を走らすことは難しいとわかっていたが。なぜなら、夢二のモデルは感傷を有する。彼女には生の喜びしかなく、感傷は感じられない。

「私がモデル？　あら、あなたが有名な夢二先生ですのね」

彼女も夢二が画家であることを知ると、警戒心を解いて心を開いてくれた。花街の女性ならこのまま着物を脱がせてしまえることだろう。だが、夢二は情欲で動かされているのではない。

これは恋というものだ。

「モデルなら素晴らしいものがありますわ。教えてさしあげましょう」

彼女に導かれて行った海岸の丘には、黄色い蕾《つぼみ》をいっぱいにつけた野草が茂っていた。

「これは……」

「ええ、これはマツヨイグサ」

マツヨイグサ……月見草。月が出るころ静かに開くいたいけな花。

「そうですか、それでは、月が出るまでしばらく待ちましょう」

「ええ」

二人は世間話を交わしながら、丘の上で花の咲くのを待った。ひとつ、またひとつ、黄色い花は柔らかなフリルを自力で揺らしながら、もつれた花弁をゆっくりと開いていった。夕風に黄色いフリルがヒラヒラと、幻想的な詩を謳《うた》いあげる。

「ああ、きれい。実にきれいだ」

「そうでしょう。この花はモデルになるでしょう？」

「ああ、もちろんです。では、僕は毎夜、この花をスケッチしに来るとしよう。あなたはそれを監視しに来てくださいね、おしまさん」

「え？　おしまさん？　私はカタという名ですわよ」

「いや、君は僕にとってのおしまさんなんだ。夢のように美しい島の美しいおしまさん。そう呼ばせてください」

「まぁ……ご自由に」

おしまさんはクスクスとはにかんで笑った。

それから二日、三日と、二人は逢瀬を重ねた。

待ち人は愛らしい学生だった。

渚《なぎさ》に二人はしゃがんで語らった。

月の光がステージを照らした。

足もとを波がさらいそうになったが、おしまさんはそのまま青白い素足が濡れるのにまかせていた。

少年に戻ったような気持ちの夢二は、砂の提《つつみ》を作りながらしゃべった。

「師範学校はいつから始まるんです？」

「一日から」

「もうすぐ寄宿舎に帰るんですね」

「まだ幾日もありますわ」

顔を俯けたまま、やさしい口調で少女は語った。

まるでお見合いの席のウブな男のように、固い口調で彼は聞いた。

「詩歌《しいか》はお好きですか？」

「でも、作れませんの」

「ぜひとも、拝見させてください」

彼女は照れくさそうにはにかんで笑った。月光が彼女の顔面の凹凸の流麗さ美しさを際立たせた。


十六夜。

恋人が欲しい。私はものたりない。恋人と見る月は美しいものだ。新しい刺激が欲しい。

私の芸術はいったいどこへいったのだろう。

筆がすすまぬ。

◇

夢二はスケッチだと言っては外へ出た。たまきはいちばん手のかかる時期の幼児を抱えて、夫どころではなかったので、たいして気にもとめなかった。愛児を再び腕に抱いて、満足感にひたっていた。

おしまさんをモデルにするという名目で、夢二は彼女との時間を費やしていった。彼女を連れ出し散歩を重ねた。

それが島の人間の目にとまり、その一帯でうわさにのぼるようになるころには、当然ながらたまきの耳にも入った。

「狂った人となどいたくない。家に帰ります」

たまきは強い口調でなじった。

「何があるものか。彼女には島の花の写生を手伝ってもらっているだけのこと。いやらしい詮索はやめてくれ」

浮気心を見透かされても、男とは最後までしらを切るものだ。もう、そんな態度にはうんざりしていたたまきだった。

だが、今度ばかりは相当に危険である。芸者やどこぞの未亡人との軽い浮気のようなものではなさそうだ。熱に浮かれた夫は、恋に惚《ほう》けた少年のような目つきをして毎夜、毎夜、出かけている。

そのころのたまきには、ちょっと名前が知れ渡り、まとまった金の入るようになったいっぱしの画家である夫への、妻としての執着が芽生えていた。真剣な恋などされたらたまらない。

「おたくのご主人さんはお隣のお嬢さんに御執心で」

世話をしてくれる女中に告げ口をされたとき、たまきのプライドが音を立てて崩れていく。

止めても夫は宙に浮き足立ったまま、宿をするりと出て行ってしまう。


君といふ清き少女を知りしより今宵の夢の安らけきこと

夜の海岸を歩く二人連れ。他人の目を避けて、気もそぞろなおしまさんだった。

「先生、奥様がいらっしゃるのですから……」

手を握ろうとした夢二を振り払い、おしまさんは、数歩前へと駆け出した。

「後生です。あなたへの想いはもうどうしようもないのですから。また、明日もきっと、ここへ来てください。きっと」

夢二は哀願した。

翌日、おしまさんは現れなかった。彼女は有名な画家の愛人にも、モデルにもなろうなどと考える野心のある女性ではなかった。ましてや、妻を泣かせてまで後釜になろうという無作法な娘でもなかった。

夢二はそれからしばらく、独りでマツヨイグサが開花するのを見ていた。

儚い純愛は片想いで終焉を告げた。

一夜で閉じるマツヨイグサの花のように、刹那《せつな》なひと夏のロマンスにすぎなかった。

「君まちてくらす」

おしまさんは実に清い、そしてやさしい純な少女だ。そしてすこしも自分とほかとを欺《いつわ》ったことのない人だ、月のように清い少女だ。

さようなら、私のかわいい鳴かぬ小鳥よ。

逢いたいがため、彼女の姿が見たいがために丘に立った。いつまでも彼女のことを慕う。少年のような恋慕はなかなか消えなかった。

おしまさんとは再会しながらも、唇さえ奪えない純な恋愛をした。逢えない日々に文通をした二人だったが、彼女は道を反れずに、しばらくして作曲家の妻の座についた。

遣る瀬ない
釣鐘草の夕の歌が
あれあれ風にふかれて来る
まてどくらせど来ぬ人を
宵待草の心もとなさ
『おもふまいとは思へども』
われとしもなきため涙
今宵は月も出ぬさうな

詩人でもある夢二は、おしまさんとの淡い想い出を雑誌『少女』に託した。失恋から一年後のことである。

◇

夢二は画集の刊行に夢中だった。生活を安定させるためにも成功しなければならない。版下絵を薄い和紙に描き、それを彫版師にまわすという、古い版画技術のままであり、それは労働力と時間を要した。

しかし、版画家として抽象表現のパイオニアであった、友人の恩地《おんち》孝四郎の出版している版画誌『月映《つくはえ》』は、夢二のおかげで大反響だった。

また、『夢二画集・野に山に』のころには原色版も多色版も豊富になり、版画技術の進歩によって、さらに成功への道を突き進んだ。

夢二とたまきは東京の江戸川沿いに居を構えた。人気画家になった夢二は、その家の二階にアトリエを持った。

そこには恩地ほか友人らが常に集っていた。

ある日、玄関の扉が勢いよく開けられた。

「号外だわ！　死刑にされた！　社会主義者が十二人も！」

常連の客で、後に女性代議士となる友人、神近市子《かみちかいちこ》が新聞を握り締めて興奮しながら家に入って来た。

その声を聞きつけ、夢二は二階から足をからませながら慌てて階段を下りてきた。

「なんだって！」

そして、市子から新聞を奪うように毟《むし》り取り、沈黙したまま紙面を見つめて額に深い皺を寄せた。

死刑にされた幸徳秋水筆頭の十二人の中には、かつての夢二の友人も含まれていた。

もともとは明治四十三年に信州の社会主義者、宮下太吉ら四名が「爆発物取締罰則違反」で逮捕された、いわゆる「明科事件」がことの発端である。その「明科事件」の逮捕者が社会主義者の中心人物である幸徳秋水と強いつながりを持った者であったことから、政府はこれを利用し、全国の社会主義者を一網打尽に抹殺しようと企み、天皇暗殺の「一大陰謀事件」を捏造《ねつぞう》したという。その結果が、二十六名が逮捕され、二十四名に死刑判決が下され、そのうち十二名が死刑になった「大逆事件」である。

「僕は……平民新聞で仕事をしていた……。デモにも参加していたんだ」

と、夢二はつぶやいたきり新聞をくしゃくしゃにまるめながら、言葉をなくした。

「今夜はお通夜だ。線香とろうそくを買ってきておくれ、まぁちゃん」

その夜は常連の友人たちとしめやかな通夜が行われた。社会主義に疎く理解を示さなかったたまきも、このときばかりは夫の落胆ぶりに、無言で忠誠を尽くしていた。明治四十四年、一月の寒い夜だった。

この時、夢二の画家としての生き方、在り方も方向が定まりつつある、そんな岐路だったかもしれない。ひとつの時代が終りを告げようとしていた。社会主義に燃えていた志を持った若い日々にも、はっきりとさよならを告げるための通夜だったのかもしれない。

夢二は黙々と杯《さかずき》を傾けた。

友人の恩地は知っていた。彼が夢二の初画集『春の巻』に感動し、それを胸に夢二を訪ねて行くと、知人の東京美術学校生から忠告を受けたことがある。

「やつはよくない。『平民新聞』の画家となんか付き合わないほうがいい」

その後も夢二のアトリエの外には時折、私服刑事が見張っていたことがあった。

恩地が問えば
「僕の髪の毛が長いからさ」

と、彼は素知らぬそぶりだったが、内心はかなり気にしていたようだった。


夢二は延々と別れの杯を傾けた。

思い起こせば、夢二の画稿や歌稿を熱心に推挙してくれたのは友人の荒畑寒村だった。彼とは学生時代、平民社内の社会主義研究会で席を並べていた仲間だった。

実業科に通いながらもその実、洋画研究所ばかりに通って試験に不合格になり、親もとからの送金を止められた夢二は、友人数人と古い家を借りて共同生活をしていた。

毎日、水とパンだけの粗末な食事の中でさえ、彼らは平和を求めて反戦と社会主義の理念、思想を熱く語り合った。

日露戦争のときに平民新聞に反戦の画を描いた。「赤十字のマークのついた白衣の骸骨……それに並んで丸髷の女性がさめざめと泣いている」というシニカルな風刺画だった。

その後も夢二は社会派のコマ絵を描き続けた。

そして、結婚したときも、一番に祝ってくれたのは平民新聞の仲間であり、紙面には二人の結婚報道記事まで掲載してくれた。

「素晴らしい妻を得た竹久くん。げに眼の美しき婦人と」

そんな日々が懐かしい。

だが、思い出すのも辛く胸が痛い。彼らとはしだいに縁が薄れていく。

確かに夢二はそのころの友人ほどに社会主義に傾倒していたわけではなく、自認するように「自由主義」の男だった。

日々の暮らしのためにしだいに溜まり場から足が遠のき、縁が薄れた数年の後に当時の友人らと街ですれ違っても挨拶を交わすこともできず、気づかない素振りで足早に立ち去る卑怯《ひきょう》者の自分が憎かった。

我らはただ自由と平和を望んでいただけではないか。

死刑にされた同志の友よ。

しかし、自分は無様にも、愛だの恋だのに酔いしれ、姑息に金儲けをする術を知り、時代に迎合しながら生きている。友を追想しながら、そのときの自分の青さがまぶしくとも、貫けなかった意思を呪う。

ああ、食べるために働き、生活をする人間であり、そしてこの時、たまきのお腹には二番目の子供が宿っていたのだ。

さらに私は無様に生きていかねばならないのだろう。

夢二の目には悔恨と悲嘆、そして同時に新たな決意の涙が一筋流れた。

絵筆折りてゴルキーの手をとらんにはあまりに細き我腕かな

◇

——ああ、ああ、浮気の繰り返し。いったいいつになったら私に安住があるのだろうか。愛を貪りあっていた時代にはお金がなく、着る物を売って飢えをしのいで、あの人を生きながらえさせた。

あの人はパンと水でも平気で、私の体を食べて暮らしていた。きっと飽きることない戯れだと思っていた。私の中でいつも熱く猛っていた。それだけで喧嘩も忘れた。

けれど、私が女から母親に、生活の泥にまみれるようになってくると、あの人は良い香りのする花の方へと飛んでいった。画集が売れに売れて名が出てきて、お金が自由になるようになるとさらに旅が増えて、私との触れ合いが減っていってしまった。

あの人の心はいつもいつも浮き草。

あなたが芸者や売女を買っているんなら、あなたの心は空にならないから私はいいの。でも、あなたは、ほんとに女を愛するんだもの。だから、女もできるんだけれど、その間の私の心は空なのよ。

きっと、私は第三者の情なんだね。あなたに対しても、私がこうだからあなたが女をこしらえる。私が足りないからあなたが外へゆこうと考える。それなら、こうすれば良いと思っても、そうする気なんかない。

私はかかあに足りないんだねぇ。だからあなたがほかに女をこしらえる。あなたが私を捨てても世間は不思議だとは思わないことよ。私は一人前の女のことができないんだもの。

ああ、もう何もしたくない。


たまきの愚痴《ぐち》はとどまることを知らない。この家庭は崩壊寸前のギリギリのところだった。そんな時、微力ながら鎹《かすがい》となった第二子が誕生する。この子が不二彦だったわけである。

不二彦はまるで母子家庭に生まれたかのような子供だった。なぜなら、夢二は放浪癖のある放蕩の父だったから、ほとんど家にいたためしがなかった。

一時期、長男の虹之助も引き取り一緒に暮らしてもいたが、再度、子供は里に養子に出され、不安定な生活がその家庭の幻《まぼろし》を崩していった。

不二彦はひとりぼっちの幼児だった。夢二の、何にでも愛称をつける癖により、チコと呼ばれる子供だった。

言葉を覚えはじめると、耳にするのは母親の泣き声と怒鳴り声。父を責め立てる愚痴と嫉妬《しっと》の声ばかりだった。

絵を売ったお金が入れば、色街で芸者遊びをしてみる。それをも取材と言いきるのは、「美人画家」として名を馳《は》せ始めてきた夢二の言い訳でもあり、本意でもあったが、たまきには当然ながら解せない。

たまきとは喧嘩をするために結ばれたようなもの。だが、いつも喧嘩は一方的なたまきの攻撃で、それらの愚痴には耳を貸さずに貝になるタイプの男、夢二だった。

幸福で潤んでいた大きな美しい瞳も、いつしか涙でびしょぬれで、泣き疲れ眠り目覚めるとすっかりまぶたが腫れ上がり、とてもモデルになどなりゃしない。

「いつもきれいな人形でいておくれ、まぁちゃん」

夢二の声が空回りする。

成功の裏ではいつも、たまきの愚痴が聞こえてきた。

彼のそれまでの作品は官尊民卑の時代にアンチテーゼの旗を翻《ひるがえ》す、民衆のための風俗画を描くのが主流だった。それは平民新聞のコマ絵から始まって、働く人々、社会的弱者、悲しい女たち、社会の底辺に目をこらし、それが一般の人々の感傷に訴えた。

そんななか、たまきという運命の美人画モデルを得たおかげで、夢二の画家としての創作は上昇気流に乗っていった。二人目の子供を手もとに養育しなければならない夢二には、彼女は金銭的な助っ人ともなった。

儚く、もろく、悲しげな美人の絵は飛ぶように売れ出した。商業的にいえば、それらは足が速く、生活費になる。また、美人画の画家として有名になりつつある彼は、それを描かずにはいられなかった。

そのために花街の芸者、粋筋の玄人《くろうと》の女性たちをモデルとして、創作に没頭するようになる。吉原の遊女たちにもそのまなざしは及んだ。彼女たちの放つ色気と哀愁は、創作への情熱となって夢二の筆を勢いづけてキャンバスに走らせた。

色街に足繁く通うのは画家としての取材というのは解せる。それにしても、若い男である。当然ながら、あるいは必然的に彼は己の欲望もそこにぶつけた。女遊びの始まりだった。たまきはもちろん嫉妬する普通の女性だ。甘い白粉《おしろい》の匂いをプンプンさせて朝帰りする夫に「取材なのだ」と言い訳されるそのたびに、延々と説教をする。

背中に赤ん坊を背負って、髪をほつれ乱れさせるがまま、化粧気のない青白い唇の生気のない顔を俯けて、理屈っぽく愚痴る妻の声に、耳を傾けるのもうっとおしいと、背中を向けて眠りにつく。

――男にとって、結婚の真の意味は、理想を捨てることだ。彼の「永遠の女性」に別れることだ。

男は結婚の第一夜から女を動物にする。そして女は完全に動物になるが、男は、女の中の動物性と霊性との見分けがつかなくなる。結婚の不幸はそこから始まる。

夢二はたまきの変貌してゆく憐れな姿と愚痴っぽい性格、つまらない言葉のリフレインに辟易《へきえき》しながら、ぼんやりとこのような冷静なことを考えているのだった。

◇

「打倒、権威主義」

夢二が、ひそかにそのようなスローガンを掲げてきた背後には、大きなコンプレックスがあったことは否めない。

彼の絵を評論家は「草画」と蔑称し、芸術とは別物と扱った。筆意がなく、乱れたタッチで、技術的に劣っているかのような評価がされていた。美術学校で学ばず、画家としての技術の習得を重ねていないという画歴にも批判の目が向けられていたのだ。

もとはといえば、自分の絵を草画と呼んだのは夢二自身だ。「真（楷）・行・草」を意味したものであり、その単純で要約的な表現に対して、草稿等の「草」を用いたというのが俗称の理由だった。さらに「草」といえば「名もない草」「野の草」など、飾らず、大地に根をはった庶民的な、あるいは叙情を湛え、郷愁を感じる、その夢二絵のとおりの「草画」とは、言い得て妙である。

「僕は詩人でもある。詩人になりたかったが、詩だけでは生活できないことがわかった。だから、絵を描く。僕はだから、詩を絵にして描いてみた。僕の絵は詩なのだ」

ところが、彼のそうした少々の謙遜も、詩人として言葉を操る才能も、批判者によれば皮肉な使われ方をするものだった。

西洋では印象派の扱われ方にも類似する。アカデミズムを無視して、感情的で、印象を受けた瞬間の美をそのまま表現した印象派の画家たちは、それまでのサロンに対して挑戦をし続けた。

今でこそ巨匠のモネやマネ、ルノワールさえも美術界からは手抜きの〝酷《ひど》い絵〟として蔑視され、酷評されていた。その逆境で彼らの才能を支えたものは、素直な視点で美を称える一般の鑑賞者たちだったかもしれない。

美術界の権威は技術と研究、帰属等を重要視し、大衆はセンス、愛、感情を絵画から受け取ることを良しとした。だが、いくら大衆受けをしようと、権威に認められない絵画は芸術と呼んではもらえなかった。

彼の絵もまたさらに人気を博したならなおさらのこと、差別が悪化した。美術界はとても閉鎖的で排他的な世界、当時は官展の画家でなければ社会的に認めてもらえない権威主義がはびこっていた。

世の批判はわかっている。

夢二が初の個展を京都で、しかも、「文部省美術展覧会」いわゆる文展の鼻の先で開催するに至ったのには奥深い苦悩と反撥《はんぱつ》、抵抗の決意が秘められていたからかもしれない。

明治四十五年十一月、流行の絵描き、竹久夢二の初の展覧会は、たまきの兄のマネージメントのもと、京都の岡崎にある府立図書館で開催された。会場には油絵、日本画、水彩、ペン画を百点余り持ち込んだ。モチーフは女性を主とし、落日、捨て猫、岬、奈良の風景、山、お染久松もの、道化師、歌麿など、情緒と哀愁、感傷が漂った夢二独自の世界観の寄せ集めであった。

時を同じくして、文展がその同敷地内にある勧業会館で大々的に開催されていたのである。

皮肉なめぐり合わせか、故意の企みか、万が一、企んでいたのなら勝算を確信してなのか、夢二の個展は権威の展覧会に勝る大盛況を収めていた。なにしろ、入場券売り場にはずらりと客が並び、なかなか切符も買えないほどである。

また、文展とは違い、夢二個展はその場で展示即売を目的としていた。そのためあれよあれよという間に、夢二の展示作品には次々と売約済みの赤札が貼られていくのだった。現場の夢二はサイン攻めにあう。これほどまでにも自分の絵が日本中で愛されているという現場の実感は、画集が売れたという客観的な事実では得られなかったものだった。

ところが、群がる観客の中から、わざとらしく荒げた声がする。

「はぁ、これが絵画というものか」

「いや、落書きに等しいいね」

「草画というが」

「ああ、確かに雑草のような絵ではある。野放図だ」

「このラインを見ろよ」

「子供の戯《たわむ》れのようだねぇ。歪んでいるな、デッサンも何もあったもんじゃないね」

「夢二とやらは美術を学んでいないそうだぜ」

「ああ、商業絵描きにすぎないからな」

「何の賞も獲得したことがないらしい」

「そりゃ、見たらわかるよ、君」

「まいったね」

「ああ、実に不愉快だよ。流行《はや》りものっていうやつはね」

妬《ねた》みと、わかりすぎるくらいの僻《ひが》みが、ふんぞり返りながら闊歩してゆく。それが夢二の耳にも届く。


「あら、意外とヘタクソやねぇ。うちの子にも描けそうやわ」

「そやけど色気あるんとちゃう？　この芸者はんなんか」

「そりゃ、まぁ、あれだけ色事師の先生様やから。そこいらはうまいやろなぁ。ついせんだっても載ってはったで、雑誌の記事に。夢二はんって相当なすけこましやって」

「これらのおなご、みな手篭《てご》めにしはったんやないやろか、ははは」


上品そうな婦人があからさまに厭味《いやみ》を言いながら通り過ぎる。もうすでに、自分は夢二の世界からは遠のいた色の抜けた中年の女性たち。そんな会話も聞こえてくる。

「何とでも言うがいい。君たちはすべて入場料五銭を支払ってくれたお客様ですからね」

夢二は平然とした面持ちを保っていたが、意外と打たれ弱いため、心の中は悶々としていた。コンプレックスが顔を出さないように、必死で自制しようと努めていた。

その反動もあってか、彼は京の夜の豪遊を楽しむ。たまきの監視の目はそこにはなかった。

金銭感覚の乏しい、いや、ほとんど皆無である彼は、入場料をそのまま持って街へ出た。五銭銅貨はことのほか重く、風呂敷に包んでずっしりと人気の凄さを確認できた。

毎日、それらの日銭を資金に知人を引き連れ料亭などで遊び惚けた。時には、銅貨をそのままポケットに詰め込んで繁華街へ行くので、京極通りの人ごみのなか、重みで破れたポケットからザラザラと銅貨がこぼれだしてしまった。それも逸話となって、夢二人気を物語っていった。

地唄の芸者や平家琵琶の奏者をお座敷に呼び、さんざん豪遊している毎日であるのに、それでも格子縞の洋服に鳥打帽をかぶった粋な夢二のその顔にはどこか暗い影があり、物思いにふけることが多かった。

「四条の店のあの娘がいいなぁ」

「昨夜の料亭の女将《おかみ》はいい女だった」

夢二は友人に好みの女性のことをぶっきらぼうに話してみたりもする。けれど、どこか虚無的な、まるで自分の悪評をわざと露悪的に示してみようとするかのような、自虐行為にも取れそうな雰囲気であった。

どんなに淡い恋心に胸を痛める少年のような心を持っていようとも、そんな素振りは見せたくはない。

自分は「すけこまし」と呼ばれ、「女好き」で「遊び人」の竹久夢二でございます。ケチな商業絵描きでございます。時代がそれを作り上げたのでございます。

◇

男は恋を欲した。

女は愛を欲した。

けれど、いずれもお互いの心を察することができなかった。二人はあまりに異なっていた。二人の間にはただ疑心暗鬼が渦巻くばかりだった。

男は生来の浮き草だったのに、女はそれに根を生やそうと必死になった。根っこをつけて安定したその草の上で胡坐《あぐら》をかいて座っていたかった女。

成功は二人に富と名声を与えてくれはしたが、将来というものは霧がかかったままだった。

泥沼の底に根っこを無理に生やされそうになった浮き草は、自力でそれを抜いてしまおうと、やっきになった。

そして、夢二はまたやる瀬ない「ホントの恋」探しを続ける。それは曲がりくねった道の上で、足もともふらついていた。本来ならあろうはずもない、玄人の女性との純愛を望むようになった。

相手は芸者のキク子。商売上の恋愛上手たちとのやり取りで、札束持って出かける男たちの言う常套句《じょうとうく》、「彼女は俺とだけは本気なのだ」という言葉が、世慣れたはずの夢二の口からももれてきた。

「今はだんながいようと、いずれ、僕のものに……かわいい娘よ」

あまりに真実の愛を求めるがあまり血迷っていた。

一方、たまきはそんな夫に三行半《みくだりはん》をつきつけた。子供を抱えて、いつまでもこんな風ではたまらない。とにかく安定を望んだ。

「芸術を取るか、家を取るか、どっちかにしてちょうだい！」

「芸者にのぼせあがって、困る。とにかく売れる絵を描いてちょうだい。どんなのでもいいからさ」

たまきの言葉はいちいち癇《かん》にさわる。

この女はずっと一緒に暮らしてきたにもかかわらず、自分の芸術をちっとも理解していないんじゃないか、と夢二は呆《あき》れた。もう、雑誌にこまごまとした絵を描くのはこりごりだ。この女のために働くと思うとさらに絵が侮辱されている気がした。

このころ、すっかり夢二はたまきをモデルにすることをやめていた。たまきは憂《うれ》いをなくしていた。モデルにならないということは、女でもなかった。たまきは優しい手に飢えていた。

しかし、愛を請う心と裏腹に、言葉は鋭い棘《とげ》を生やして夢二をやりこめようとする。

「生活が一番大切なのよ！　あんたに見捨てられた母子二人はいったいどうやって食ってきゃいいのさ！　とにかく子供のためだけでいいから、生活の糧をしっかり確保してちょうだいな！」

このような話し合いで子供はいつも狡猾に利用される武器となっていた。

「芸術ですって？　女遊びが？」

「はっ！　いったい誰が……」

「いったい誰のおかげでこんなに有名な先生様になったというんだえ？」

「………」

「もとはといえば、私がモデルをしてあげたおかげで、夢二の世界ができあがったんじゃないのかい！　みなさんそうおっしゃるよ！」

売り言葉に買い言葉は過去に何度も繰り返したが、さすがにこの言葉はたまきへの愛を断ち切る「プツン」という音を夢二に聞かせてしまったようだ。

夢二はついに手を上げた。いつも言葉で返すことの少ない無口な男は、卑劣な暴力というもので、女を黙らせてしまった。

たまきは壁にもたれ、泣きじゃくりながらボソボソと話した。

「私のようなものより、もっと奥さんらしい、あなたの芸術とやらを尊敬してくれるなり、あなたを愛してくれる細君を貰った方が良いんじゃないの……あなたにはその方が幸福よ……」

泣きはらした目はもう開かなかった。疲労困憊したたまきは、しばらくじっとしていた。するると、夢二は一旦その部屋から出て行き、再びスケッチブックとペンを携《たずさ》えて入ってきた。

そして、彼女のうなだれた様子を無我夢中でデッサンするのだった。それは夢二式美人とはまったく異なるリアリズムなデッサンだった。

たまきは抵抗することもなくなされるがままである。モデルを再開してもらったかと思えば、それはすっかり形を変えたものだったことが哀しい。切ない。

その画面には、現実的な生活に疲れ果てた中年女の姿が描きこめられていた。残酷な芸術家だった。

◇

陰鬱たる生活を打破するためには、以前からずっと願っていた洋行に出ようと夢二は考えた。しばらくの間、時間と空間を隔てて向き合うことが良い。いや、正直に言ってしまえば、「離れたい」のである。

権威の東京藝術大学のエリート画家たちは、こぞってヨーロッパへ遊学をしに出かけた。油絵を本場のフランス、イタリアでしっかり学びたいと大志を抱いて巣立っていく。

そんなアカデミックな流れには無縁の夢二。憧れはさらに深まるばかりだった。流行の絵描きになる以前、彼も美術学校で根本から学ぼうと考えたことがある。そして、洋画壇の中心的存在であり、白馬会で教鞭をとっていた画家、岡田三郎之助に自分の作品を見せた。「おもしろい独自のものがある。美術学校へいくのはやめなさい。君の絵は勉強などしたらつまらなくなる。自分のデッサンを自分の世界を確立するためにやるべきだ」と忠告された。

また美人画家で有名だった鏑木清方《かぶらききよかた》に弟子入りを希望したこともあったが、「師などにつくことはない。君のスタイルで、飽くまでも個性を伸ばすべきではないか」と断られた。それらは彼にとって光栄でもあり、結果的に「竹久夢二世界」には良い指摘であり方向づけでもあったのだが、芸術との格闘の上では彼を悩ませる問題として尾を引くことになった。

コマ絵画家として成り立とうと決意し、その中でも一番の売れっ子になりはした。だが、当時のコマ絵画家仲間であった堂本印象《いんしょう》、渡辺与平《よへい》、岸田劉生《りゅうせい》、平福百穂《ひらふくひゃくすい》ら、すべてが正統な表舞台、画壇に立ち始めた。

人気コマ絵画家だった藤島武二《たけし》、いわば夢二の師匠とも言うべき敬愛する画家が、すでに明治三十八年にはヨーロッパに留学し、立派な腕をつけ帰国。その後に精力的に素晴らしい油絵を制作するのを横目で見るにつけ、自分の油絵の腕のなさを恥じるようにもなった。

ただし、芸術的な絵、それがお金になるかといえば、そうではない。絵がそう簡単に売れないことは画家たち本人が一番自覚している。最先端の油絵を需要するような西洋的な立派な家がいったい何件、日本の街に建っているのだろうか。

藤島とて、美術学校で講師をする副業をしつつ絵を描く。絵を売るだけで生活できるものではない。

だが、夢二は、絵と詩だけで食べていける人気ものだ。商売としての絵画を獲得した稀有な画家なのだ。

夢二は苦悶する。芸術か、大衆人気か……。あるいは、画家のプライドか、商売か……。

彼の築き上げた巣では、お腹をすかした子供と安定を望む内縁の妻と、彼の生み出す金に群がる有象無象のハイエナたちが、彼に〝売れる絵〟を描くのを求めて、クチをパクパク開けて雛鳥のように待っている。現実は辛い。

しかし、自分の夢を果たさずにいられるものか。

洋行するぞ！　勉強するぞ！

まだ見ぬヨーロッパへの憧憬は深くなるばかり。表面的にはすべてのことを安易にいともたやすくやってのけるような振りをする夢二は、水面下ではたいへんな努力家だった。

当時、なかなか手に入りにくかった洋書の印象派などの画集を取り寄せては、それを必死に研究していた。

夢二は洋行を決意した。そのためには周囲を安心させ、納得させるためのものが必要だった。それが、大正三年に日本橋呉服町に開いた店『港屋』なのである。

たまきと子供に自活させ、渡航費用もそこから捻出する腹積もりで開店させたその店は、夢二人気に肖《あやか》って、大勢の客が訪れるようになった。

◇

下街の歩道にも秋がまゐりました。港屋は、いきな木版絵や、かあいい石版画や、カードや、絵本や、詩集や、その他、日本の娘さんたちに向きさうな絵日傘や、人形や、千代紙や、半襟なぞを商ふ店でございます。女の手ひとつでする仕事ゆえ不行届がちながら、街が片影になりましたらお散歩かたがたお遊びにいらしてくださいまし

吉日　外濠腺呉服橋詰港屋事　岸たまき

大正三年十月にたまきの商《あきな》う『港屋』が開店した。たまきは夢二の女房であり、不二彦の母親であったが、すでにこのとき、二人は戸籍上は離縁していた。不二彦は離縁した後に生まれた次男坊という複雑な環境だった。

「岸たまき」と記名された港屋の開店案内状は、流麗な毛筆でとても洗練されたものであっ

たが、それはたまきの自筆ではなかった。元夫、ときの内縁である夢二が書き、それを印刷したものだった。

たまきは自立した女性に憧れ、保母の資格を取るべく勉学に勤しんだ女性でもあったから、読み書きはできたに違いない。しかし、このような繊細な文面を書ける才はない凡庸な人だった。

この港屋はたまきを独立させるために夢二が開いた店だったと同時に、夢二のデザイナーとしての才能がさらに開花した出発点でもあった。

「夢二さんの半襟の柄はなんて素敵なのかしら」

「夢二先生の絵葉書を送るのが女学校で流行しています」

最先端をいくおしゃれな女性たちの間で、夢二の意匠を凝らした商品は飛ぶように売れた。

その店先にはいつもたまきが立っていた。

「あの方、夢二さんの絵から抜け出たみたい。なんてきれいな人でしょう」

たまきの姿は一目瞭然で夢二の絵のモデルであることを証明した。ほっそりしなやかな肉体を流行の艶《えん》な着物に包み、長い睫《まつげ》に覆われた憂いを含んだ大きな瞳、楚々《そそ》とした口もとにはにかんだような笑み。

それは天性の美貌だった。

「いらっしゃいまし」

零《こぼ》れ落ちそうな大きな瞳の日本人離れした容姿のたまきから、意外にも大きく張ったかけ声がする。たまきは饒舌《じょうぜつ》な商売人でもあった。

間口二間に奥行き二間。その小さいながら洒落た雰囲気の店は、いわば当世のデザイナーズ・ブティックだった。店内には夢二コレクションがところ狭しと陳列されていた。

店の軒先には吊《つ》るされた鳥かごが揺れ、中では美しい小鳥が囀《さえず》っていた。これも夢二流のはからいだ。

鳥かごの横に黄八丈を粋に着こなした麗夫人のたまきが店番をして佇んでいる姿のあるその場面が、まるで切り取られた夢二の絵世界そのものだった。

流行画家として、雑誌の挿絵や絵葉書でもてはやされていた人気者夢二の描く、その絵画の世界に憧れない若い女性はいなかった。その当時の近辺の敏感な女性たちは、ほとんどが夢二流の女性のヘアメイク、ファッションをして通りを歩いていたものだ。

そして、たまきはいわば、ハウスマヌカンであり、モデルであり、アイドルでもあった。

そこへかわいい声がする。

「かあちゃん、かあちゃん」

四歳になる不二彦が、たまきの仕事の間に預けられている知人に手を引かれて港屋へやってきた。

「あら、ちょっと早いんじゃないの？　まだかあちゃんはお仕事中よ」

若い女性でにぎわった店内から、たまきが顔を出した。

「奥さん、すみません。チコちゃん、お腹が痛いって泣いてばかりいましてね。ちょっとお顔だけでもと」

「そう。甘えん坊で困ったもんね。でも、今日もパパさんはどこへ行ったやら、風来坊ですからね。お二階に上がって待っててちょうだいな」

たまきは少々わずらわしそうにそう言った。もともと主婦や母親には向いていない性格だった。

たまきは生気を取り戻し、自己の夢二式美人の再現に奔走。たっぷりとおしゃれと化粧をし、生活疲れの母ではなく、夢二の広報担当として賑《にぎ》わう店を切り盛りしていた。もともと弁のたつ彼女には店員は向いていた。「夢二の絵のような美人」という客の視線が何より彼女の栄養源となった。

女は水を与えられた花だった。家のこと、子育ては家政婦のばあやにまかせ、店を切り盛りするようになる。

とにかくもセンスに溢れた店だった。

〝脱ぎ捨てた履物にそのぬしの美しさをしのばせるような静物に対する美意識を望むや切なり〟

彼の美意識の集合である商品が陳列され、それは流行に敏感な消費者のニーズを先取っていた。

夢二が流行であり、流行は夢二から発信される。夢二の作り出すものが、それを持つ人を美しく見せる。そういったブランドになっていた。

港屋には谷崎潤一郎、北原白秋、有島生馬《ありしまいくま》、島村抱月《ほうげつ》、河合武雄、若山牧水《ぼくすい》、秋田雨雀《うじゃく》、喜多村緑郎《ろくろう》らの有名文化人も来客として訪れ、派手好みのたまきは法悦を感じてもいた。それらの人々が自分を褒める言葉に酔いしれていた。

東京名物になりあがった港屋。万事がうまく運ぶような気がしていた。

商品はまさに飛ぶように売れていく。それらはすべてが夢二の手描きの作品によるものだったので、夢二はさらに制作に多忙を極めた。開店当初は、自分でもその繁盛ぶりに驚き、夫婦は心から商いを楽しんでいた。

夢二の本拠地が確定すると、夢二ファンの女学生たちが連日、先生にお目にかかろうと必死のおしゃれをしてやってくる。なかには「私をモデルに」と図々しいことを平気で言う女性もいる。

夢二は文章の上で言葉を操《あやつ》るのは達者だが、それを現実的に口にするのは苦手なシャイな男である。そのうえ、いくら女好きな性分であろうとも、面食いの彼のお目にかかる女性はやすやすとは来ない。自分の好みではない女性とはさらに口数を少なくする差別的な部分もある。

「意外と無愛想なお人でした」と、夢二式美人から選外の女性ファンたちは、みな一様に夢二に会ってみてがっかりするといった具合だった。

また、有名な夢二先生のもとへ、弟子入りの依頼が殺到する。こちらも同様に、絵を独学でやってきた夢二にとって、弟子を持つとは考えられなかった。また、指導するような才覚を持ち合わせているとも思わなかったし、第一、旅好きな彼にはわずらわしいことでもあった。

誰に対しても「師弟の関係なら嫌だから断るが、友人として絵を見るくらいならしてもいい。僕にできることだけだがね」と謙虚な態度であった。

そんな門下の一人に東郷青児がいた。まだ中学を卒業したばかりの少年という若さで、夢二を尊敬し慕う一人として港屋に出入りをし始めた。

夢二は群がるファンの中から、彼の才能は早くから見極めていたが、特別に贔屓《ひいき》をするようなことはなかった。

頻繁の来客に、連日の商品補充のための制作に追われる毎日。こんな生活で満足できる人ではないボヘミアンの夢二は、そのうちふらりとまた旅立ってしまう。いつものことで、行き先も日程も何も告げずに、彼は孤独な旅行を決行する。

売るものがなくなっても、客は来る。たまきは嘆く。

「もう、いったい、誰の店だって思っているんだろう、あの人は」

自分が自立するための店であっても、商品がなければどうしようもない。結局はすべて夢二の世界のひとつにすぎず、自分の店であるという確信など少しも持てなかった。

「ああ、どうしよう、売るものがなくなってしまった」

そこへふらりと旅先の夢二から手紙が届く。

――店は繁盛しているかい？　チコに御土産を買ったよ。

勝手なものである。

そのうえ、あの人は芸者に真剣な恋をしている。キク子というまだ少女のような浅草の芸者だ。すっかりのぼせあがっているのは態度でわかる。憎くてたまらないのに、あの人がいなければ商売さえなりたたない。

「ああ、もういやだ、いやだ！」

たまきは着物の袖を持って店の奥で泣き崩れた。そこを東郷が見ていた。

「おかみさん……」

彼はやさしく声をかけた。

「あら、いやだ。いらしてたの」

たまきは無理に笑顔を作り、涙をぬぐった。

「悪いわね。絵を見てもらいたくても、今日もあの人はいないのよ」

東郷はもう何度も二の足を踏んでいた。このところ、夢二に会える日はなかった。

「大丈夫ですか？　どうかされたのですか？」

少年のやさしさに思わず立場を忘れたたまきは愚痴をこぼした。

「売るものがなくてね、あの人が描いてくれないものだから、店ができないんですよ。商売ができなきゃ、私たち……」

東郷は彼女の前に自分の抱えてきたスケッチブックを差し出した。

「これを見てください」

そこには夢二の作品と見まごうばかりの美人画が描かれていた。

「模写ばかりして練習しているんですよ。先生の絵の。でも、これじゃお客にバレてしまいますかね？　おかみさん」

思いもよらぬ提案が少年の口から出た。

「いいえ、いいえ、わかりゃしないわ！」

たまきの目は輝いた。すでに商売人の輝きになっていた。

それからというもの、夢二には内緒で、この贋作者が、自作の絵葉書や色紙に夢二のサインを繰り返すのである。共謀は二人に大きな秘密とともに密接な信頼関係をもたらした。

◇

ある日、夢二が旅から家に戻ると、ばあやが浮かない顔をしていた。夢二が土産を渡した時に、

「まぁ、私にまでこんなものを。やさしいだんなさま。ああ、それなのに……」

「何だい？　何をモゴモゴと言ってるんだい、ばあや」

「いえ、なんでもありません」

「ふうん……まぁちゃんはどこに？」

「あ……あの、またお出かけで」

「留守か、どこへ？」

「存じません」

「ばあやにも言わずに？」

「あの……奥様は……よくお友達とお出かけに」

「お友達とは？」

「存じません」

ばあやは目を反らした。

「いいから、何でも言ってごらんよ」

ばあやの肩をやさしく抱き、夢二は問いつめた。

「ご近所のみなさんが噂して困ります」

「噂って？」

「竹久の奥さんは……だんなさまの留守に若い男とちゃらちゃら歩いて、と」

「若い男？　誰だ、そいつは？」

「それは存じません。私はいつもぼっちゃんと二人でいるだけですから」

それきり押し黙ってしまった。

若い男とは誰だ？

とにかくこの店には若い男はさんざん出入りする。たまきが親しげに会話をするような男性はずいぶんと多いことだろう。その時には、その相手が誰なのかも心当たりはなかったし、以前からたまきの美しさ、店が繁盛していることを妬んでいる輩《やから》は多かった。またその類の噂話にすぎないだろうと、たかをくくっていた。

たまきには変化などなかった。以前の明るさを取り戻し、子供にも夢二にも笑顔を見せた。すっかり、噂のことを忘れていた。

次の日、港屋に東郷が現れ、夢二と店先でばったり会った。

「やぁ、君か、絵を持ってきたのか？」

東郷はバツが悪そうに

「あ、いえ、今日はたまたまこちらの方へまいりましたので、寄ってみただけです」

と、お邪魔でしょうからいずれまたと言い、たまきには挨拶もせずにそそくさと帰ってしまった。

「おかしなやつだな、あれは」

と奥のたまきに伝えると

「あら、そう？」

とだけ素っ気なく答えて、帳面を睨みつけて記帳しているばかりだった。

夢二は不二彦とばあやがいる二階の座敷に上がっていった。

「ばあや、東郷君がよく来るのかなぁ」

ばあやは、黙っている。すると、

「東《とう》さん、くるよ」

と、不二彦がノートに落書きしながら言った。

「あのね、東さんとかあちゃんとね、パパさんいないとき、寝たよ」

ばあやは驚いて声を荒立てた。

「そんなこと言うのじゃありません、ぼっちゃん！」

しかし、夢二は、

「ふうん、そうかえ」

と、言ったきり。

だが、次の不二彦の言葉はさらに衝撃的だった。

「東さんはパパさんなの？」

夢二の脳天に落雷が落ちたかのような電撃が走った。だが、

「何をふざけたことを言うんだ、パパさんはパパさんだろ？」

と、わざと笑ってみせた。

みぞおちが激しくキリキリと痛み出した。

まさか、まさか、こんなことは予測もしなかったことだった。それが子供の口から出たとは、いったい何があったというのだ。いや、まさか、あろうはずもない。何しろ、あの男はまだ十七歳の若造ではないか。

「寝たよ」と言ったって、俺がいなかったから店を手伝って、この家の二階で仮眠したに

すぎないかもしれないじゃないか。

あまりに衝撃が大きすぎると、人は作り話にすぎないと、自分の衝撃を和らげるために自己欺瞞《ぎまん》をし始めるのか、夢二は、その疑惑をたまきに問いただすこともせずに胸に押し込んだ。ばあやに詳しく聞くなどということは、さらに男の沽券《こけん》に関わる苦しみだった。誰がそんな話を聞けるか。

思えば、すっかりたまきとは床を共にしていない。頭の中はかわいい芸者、キク子のことばかりが渦巻いて、たまきに対して女であることなど意識のかけらもなくなっていた。たまきはすっかり魅力を失い、枯れて忘れられた鉢の花のように部屋の隅に追いやられていた。

しかし、来客はたまきの美を賞賛し、その魅力は充分に中年にさしかかった今でも、彼女に存在すると証明していた。すでに三十二歳になる女だが、確かに店を始めてからの色香は幾人かの男たちを虜《とりこ》にしてもいた。

それにしても、まさかである。相手は少年だ。時にはたまきをおばさんと呼んだような間柄だ。その二人に何が起こるというのか。

最後にたまきを床に誘ったときのこと、あいつは拒絶して言った。

「ああ、私にはどの男だってあなたとおんなじだもの。ただ、せねばならぬからするというよりも、しないでも良い人にしてあげる方が喜ばれるというものじゃないかしら」

「なんだって？　馬鹿げているな、しょせん、女の言うことは。しないでも良かったなんていう純なやつが、そのうちまたせねばならない人になるんだぜ。浅はかな」

「ふん。いいわ。そしたらまたしなくても良い人を求めるもの」

二人はその後にまた喧嘩をし、冷たい床で別々に寝たものだった。

そんなことを悶々と思い出していると、今度は逆にたまきのことが愛しくなってくるから不思議だ。これは嫉妬というものか。嫉妬が愛を蘇らせるのか。わからないが、とにかく恋しい。

たまきに甘えたくてしかたがなくなった。これはもしかしたら、母を奪われる子供の心理なのかもしれない。別の子供が母のおっぱいに食らいつくとは許せない。

たまきは俺のもんなんだ。男とは身勝手な生き物だ。投げ出したい生活、捨てさりたい家族、離れたい妻、それでも、他人に奪われるのは我慢ならない。いかに自分は好き勝手に相手を翻弄していようとも。

でも、性分なのだからしかたがないではないか。

◇

疑惑の渦中《かちゅう》に現れたのは可憐な一輪のフリージアのような女性だった。素朴で清楚でありながら、存在を示すように快《こころよ》く強く香る、その香りにも癒されるフリージアのような。

笠井彦乃《かさいひこの》というその少女は、女子美術学校に通う学生だった。

女性のための美術学校の創設期である。明治から大正へと移り変わった時代、西欧の文化が流れ込むように入ってきた日本で、女性の解放運動も盛んになり、才能のある女性が次々と社会進出する時でもあった。

女子美では男装の麗人と呼ばれた尾竹紅吉《べによし》（本名・一枝）をはじめ、断髪でバンカラな書生の格好をし、酒場で集い、果てには女郎遊びの真似事をするという、男勝りなリーダーが闊歩していた。

そういった傾向の中でも、彦乃は絵の才能を自慢に思う甘い父親が、女流画家にせんと彼女を学校へ送った良家の子女だった。実家は日本橋にある宮内庁御用達の紙問屋を営む名家で、蝶よ花よと育てられた彼女はそのとおりウブで気立てのやさしい物静かな女性だった。

彼女が夢二にまとわりつく女性ファンの中で例外の一人として夢二夫婦と親密に付き合えるようになったのは、その気立ての良さもあるが、派手な女性たちの中にいて化粧も施《ほどこ》さずとても清楚であり、嫉妬深いたまきにもオボコすぎて、かえって気に入られたということも理由だった。

彼女が絵を勉強するため、夢二に師事することは、とりたてて問題にもならなかった。

夢二はかつて女子の文壇から募集した口絵表紙のイラストを見た時、「女にはとても絵はかけないらしい。女は読者であってほしい。趣味の高い読者に」という、女流画家を認められない発言をしたこともある。

彼にとって、弟子は必要なく、それが女性ならなおのこと、本気で教える気などなかったが、彦乃は港屋が忙しいときにたまきの手伝いをしたり、不二彦に「ねえちゃん」と呼ばれ、とても慕われていることの褒美として、彼女の絵を見てあげていたにすぎなかった。

「本当に汚れのないかわいい娘だ」

と、十一歳も年下の彦乃に兄のような愛情を示していた。

こうして、港屋には幾人かの若い才能が集まってきていた。夢二はときに、彼らからパワーを貰い、彼らは夢二から目に見えない発想やセンス、その企画力などを盗み取っていくのだった。

東郷はその中の若者の一人にすぎなかった。だのに……。

疑惑の渦のただ中に彷徨《さまよ》う夢二は、次々と嫉妬の炎に身を焦がし、あらゆる小さな出来事や、些細な彼らの言動の端々を悶々としながら模索しているばかり、これほど、人が苦しむものであると、裏切りを感じて初めてわが身を振り返った。

そういえばあの時。

前回の旅立ちの日、東郷とたまきと神近が自分を見送ってくれたあの日。池の端で何気なく四人でおみくじを引いたっけ。

たまきが半吉、俺が凶……そしてあとの二人は吉だった。旅から帰ってきた時に、たまきが言った。

「あなたは吉だったですものね」

これはどういうことだ。この間違いは必然的なものだ。そう、きっと、愛しい人の引いたのが吉で、それを覚えていたに違いない。夫が凶を出していながら、その旅の道中を案じることもせず、ただ、「好い人」が吉であることに安堵したに違いない。だからこそ、間違えたのだ！

それから、菊の花のことだ。

「この白菊は東郷さんが買ってきてくださったのよ。あの人、若いのに気がきく人ね。とっとお弟子さんにしてあげなさいな。才能もおありでしょうし」

と、俺に彼のことを良く思わせる工作をした。

「私が買ってきましたよ、白菊」

と、その後にばあやが自分で言ったではないか。ばあやは、そんなたまきの気持ちなど知らない。その気持ちは可憐な女心に違いないんだ。

それとも、たまきの気を惹くために東郷が「僕からのプレゼントです」とでも言ったのか。いずれにしても無性に腹の立つ。不愉快な。

本人に問う。それができることなら、俺も自由なものだ。だが、あまりの恐怖にそんな爆弾を抱えることなどできない。

まして、女房にすがりつくなど、みっともない、いくじのない、そんな態度ができるはずがない。

男は生まれてから今まで、これほどまでに苦しんだことはなかった。それを周囲の人間に悟られまいとするほど、彼の偏頭痛は治まらない。

「東さんとかあちゃんと、パパさんのいないとき寝たよ」

夢二の頭には、その愛児の無邪気な言葉がエンドレスで鳴り響いていた。そして、ここで寝たのか、あの布団で寝たのか、いったいどの部屋で泊まったのかと、家の隅々にパパさん代わりのあの少年の姿が残影となって漂っているかのように、とにかく家にいることは彼の心を苛《さいな》むばかりだった。

あれはまだ十代の少年なのだ。それが、信じられない。また、信じたくない現実の恐怖として彼の額に冷や汗をかかせていたのだ。

◇

大正三年、洋行のために築いた店は意味をなくしていた。第一次世界大戦が勃発し、夢二はとりあえず、それを中止しなければならなかった。

弱り目に祟り目で、絶望感を抱いて年を越した夢二だった。その冬、夢二は富山県での画会に出席するために旅立った。旅立ちは不倫疑惑の黒い塊《かたまり》を鞄に詰め込んでのものだった。重い鞄だった。

夢二は富山県の泊海岸の旅館に宿泊していた。夜、一人の部屋で不眠に悩まされ続け、かといって、女を買うとか、酒で紛らすといった、そういう遊びに向かうこともできず、うつ状態で苦しんでいた。

頭に浮かぶのはあのことばかり。自分がいない今も、もしやたまきと東郷は自分の布団に二人で包まっているのかもしれない。

少し、うつらうつらとしたころには悪夢が襲い掛かった。東郷が不二彦を抱いて笑っている。「パパさん」と呼ばれて。

もう限界だった。


――おまえが不義をはたらいた夢を見た。相手はわかっているだろう。いや、まったく身に覚えがなく、後ろ暗いことがなければ、この電報を受け取り次第にすぐに泊まで来い。


夢二は早朝、たまきに電報を打った。

その夜、慌てた様子で着の身着のままのたまきが旅館に着いた。

一瞬、彼女の出現に、夢二は心から安堵した表情を見せた。

「何にもありゃしません。何を馬鹿なことを。しかも夢を見るなんてことで」

たまきはひきつった笑いで対応した。長旅の疲れを感じるがままに、気を病んでいるらしい夫にどう接して懐柔《かいじゅう》したら良いか悩んだ。

だが、夢二は思いがけずに、

「逢いたかった」

と、たまきを強くかき抱いた。

「なんですよ、この人は！」

その瞬間に夢二はずいぶんと久しぶりに、凍りつく冬の外気で冷たくなったままのたまきの唇に吸いついた。

抱きあったまま、二人は布団の上に倒れこんだ。

夢二は防寒のために厚着をしているたまきの着物を無理やりにはがしていった。帯を解くのももどかしく、胸もとを引き裂いて、そこから豊かな乳房を探り出した。

乳房は三人の子供を育てた母親のそれで、もうすでに円筒形に垂れ下がり、指先ほどもある立派な乳首は赤ん坊に咥《くわ》えられるのがお似合いの突起として主張をしていた。

しかし、それさえも懐かしい。乳の匂いがするような、動物的な香りに包まれて、夢二はたまきの子供のようにその胸で甘えた。力強く吸い、時にはかじってみても、たまきは抵抗することなく、その甘美な痛みを全身で享受していた。

「ああ、あなた……」

たまきの歓喜の声は獣《けもの》じみていた。地の底から聞こえるように。

夢二の細く器用な指が、腰巻を乱暴にめくりながら、たまきのふとももを探り、すでに潤滑水が糸を幾筋も垂らしている女陰まで、慣れた動きで這い登ってきた。

たまきは擦り寄っていった。もう、八年も連れ添った、馴れ合いの二人だった。あんなに繰り返したこの行為だったのに、それがこんな激しい快感を与えるものだったということを、すっかり忘れてしまった昨今だった。

蘇る、蘇る……二人の引き離せない粘膜の重なり。

「そうよ。あなたと私は離れてはいられないのに」

たまきは喘ぎながら、つぶやいた。

夢二は勢い立ったものを、慣れ親しんだ秘穴に近づけた。それは、いともたやすく滑り込み、薄い皮膚を通して肉の内部の体温が伝わってきた。

「このぬくもりがたまきだったんだ」

夢二は思いのたけを集中し、ぶつけた。どんなに乱暴に、どんなに激しくぶつけても、この信頼のおける丈夫な肉体は壊れはしない。さらに、彼を喜ばせるように、腰を具合良く動かしてくれる。

夢二は全身が熱く血液の滾《たぎ》った海綿体ひとつになり、それはたまきの体内に包まれて、もう一度生み出される胎児の塊になったかのように錯覚を起こした。

〝俺はこの女にもう一度生んでもらいたいのだ〟


二人は力尽きて、しばらく倒れたままだった。

何も言わない夢二に、たまきが仰向けになったまま言った。

「よかったわ……」

「……………」

「こんなにいつもよくしてくれれば……なんにもほかではしないのよ」

「……！」

この言葉を聞いた瞬間、夢二の背筋に悪寒と戦慄が走った。

「ほかではしないのよ」

「いつもよくしてくれれば」

「ほかではしないの」

「ほかでは」

ほかというのは、東郷のことでもいいたいのか！

よくしていなかったからしたと、そういう意味か！

していないなら、そんなことを言うわけがない！

第一、何もなければ、こんなに慌てて弁解に来ることもなかろうに！　そうだ、どうして気がつかなかったのか、そうじゃないか。図星を当てられたから心配になって、来なくていいものをやって来たんだ、この女は！

もう夢二の思考を整えるための救いはどこにもなかった。ほんの小さな一言が彼の逆鱗《げきりん》に触れ、これ以上、弁解をしようと、論理的に話し合おうと、取り返しのつかない地平まで夢二は向かって行ってしまった。

次の瞬間、たまきは乱れた着物のまま、夢二に腕を掴まれて、部屋から連れ出されそうになった。

「あなた、何をするんです？　どこへひっぱっていくのです?!」

「海岸を歩く」

「え？　こんな夜更けに？　危険よ。外は木枯らしで、雪も降りかねない」

「うるさい！　とにかくついてこい！」

夢二は有無を言わさぬ勢いで、たまきを突き飛ばした。倒れたたまきの着物の襟もとを掴み
「とにかく来るんだ。いいか」

と、睨み付けた。尋常ではないその血走った視線にたまきは震え上がった。

「いや、いやです」

だが、その次の言葉を聞くと、従わざるを得なかった。

「そうか、なら、俺はもう二度と海岸から帰らないと思え」

二人は吹きすさぶ風雪の中、海岸へ向かった。荒れ狂った真冬の日本海は漆黒の闇に激しい潮騒《しおさい》を繰り返すばかりだった。

岩にぶつかり砕け散った潮の泡が、風に飛ばされて花のように舞っている。

「いったいどうしたいんです。まだ疑っているの？　いったいどうしたらいいんです？ここで心中したらチコが一人になってしまうのよ」

「おまえと心中だと？」

「どうしたら納得してくださるの？」

「この……東郷なんかと」

「しちゃいません！」

「あんな若造と！　この女が！」

「しちゃいないんです！」

「俺の弟子なんかと、俺をコケにしやがって」

「………」

「認めて謝れ！　土下座して！　冬の海に入って！」

「気が狂ってしまったの？」

「ちくしょう！　ちくしょう！」

　夢二のコートのポケットには小さなナイフが潜んでいた。それをたまきの前に振りかざした。

　咄嗟にたまきは自分の腕を顔前に交差し、わが身を庇った。

　瞬間、腕に血が噴出した。たまきは呻《うめ》いた。

「ひどい！」

　手の傷は深くはなかったが、たまきの心はナイフで深くえぐられていた。

「何にもないのに、なんで。そんなことを言って、ひどいことして、悔しい！　悔しい！

悔しい！」

たまきは血の流れをかまわずに、暗闇の中、夢二に殴りかかっていった。

本当に強い女なのだ、と、夢二は叩かれる勢いに我に返った。

二人は無言のまま、潮水の含まれた風に吹かれてじっとりと湿ったままの姿で旅館に帰ってきた。

「ちょっと怪我をした」と一言いうだけの夢二。「転んだ」と言い訳がましいことをいうたまき。

それを見守る心配そうな旅館の主人と仲居たち。

医者が呼ばれて旅館内では噂になったが、夫婦喧嘩の上の怪我ということで、とりあえずは外部にはもれない程度に収まった。

だが、夢二はしばらく通院するというたまきを置いて、一人でその旅館を出てしまった。


なげだせし命なれど殺しえぬ憎きそなたは仇か味方か

まだ泊海岸の旅館に残っていた傷心のたまきに、先に東京に帰った夢二は一仕事を終えたと手紙を送った。

——東郷だけ残しておいて暫《しばら》く話した。「……君と僕との交渉はもう何もないと思う。ただ、たまきの良人としてのみ君に意味がある。……君のたまきにもってきた好意はもはや今のたまきには要らなくなったのだ。……今日あたりはたまきの手紙を君は受け取って、わかってくれると思うがお互いにこれから、互いの人生を創造してゆかねばならぬ」僕が言ったのはこんな意味であったと思う。

フランチェスカという小説は、良人のある女にある男が、ある夜、女の部屋で熱烈な恋物語を読んで聞かせると、いつかしら、二人の顔が近寄り、手をとって、通じるという筋である。

東郷がそれを読んで神近によこしたハガキにこんなことが書いてあった。

『今日またフランチェスカを読みました。こんな句がありました。〝われらは倶に一の生を生きて来つれば、死もまた遂に倶せむこそ、理の当然とやいふべけれ〟』

とあるのだ。まだ恋歌もあるけれど、ここには書かない。東郷はそして帰っていった。

大人としての精一杯の取り繕《つくろ》った態度だっただろう。相手は分別も難しい、思春期の少年だ。年上の恋に熟練された女性の魅力にすっかりまいってしまった若者だった。もちろん、それは一方的な片想いだった可能性もあるのだが、あまりにたまきは接近しすぎた。心の隙間が彼を受けとめてしまっていたことは否めなかった。

たまきは化膿した傷口を腫らしたまま、痩せてやつれて、港屋に戻ってきた。何があったのかは、誰にも言わず、またその原因であった不義問題に関しても、それきり話題になることはなかった。

二人の中でも、もう取り返しのつかないラインが引かれてしまった。

その後、東郷は去った。

だが、去ってから東郷はその年、山田耕作の勧めで初めての個展を開き成功を収める。翌年には、弱冠十九歳にして二科展に出品し、仁科賞を獲得。皮肉にも夢二の抵抗する官展に、新進気鋭の前衛画家としてデビューを飾ったのだった。

◇

男は恋に飢えていた。

女は愛に飢えていた。

生活だけがしらじらしく繰り返されたとき、男はそれしか考えつかなかった。

「私となんかとっとと別れてよ。子供なんてものはどこへなりともやっちゃえるんだから」

すでに二児の育児を放棄していた母親の口からその言葉が出ることは、冗談や嘘では片づけられない。夢二は心底、この女性の危うさを感じるのだった。

つい手をあげる行為に及ぶと、まだ物心もつかないと考えていた幼い子供が胸をつくことを言った。

「かあちゃんをぶっちゃやだめ」

母のために泣きべそをかくこの幼子は、自分を「どこへなりともやってしまう」と嘯《うそぶ》く非情の母を心底愛している。それがさらに哀れで淋しい。

不二彦は折鶴を折っていた。ばあやから教えてもらったばかりで、角が歪んで不恰好だった。

それを二人の前に二羽突き出した。

「これ、かあちゃんとパパさんのね、だから、パパさん、かあちゃんをぶっちゃいけないよ」

たまきは感激して顔を赤らめた。

その嬉しそうな顔を敏感に読み取ると不二彦は、夢二の頭にチョコンと鶴を乗せて、二人を笑わせた。この幼さにして自ら鎹になっていた。

それからというものは、二人が口論をし始めると、じっと耳をそばだててふすまの陰で聞いている。

たまきが興奮して泣き出すと、

「パパさんがいけないの！　かあちゃん泣くの！」

と、夢二に殴りかかってくる。小さなこぶしが全力で父親のふとももをはじく。その力強さにふとももよりも胸が痛くなる。

すでに母のナイト役をもしているこの子は、と夢二は思う。

「子供の聞くことではないよ。チコさん。ばあやとお菓子を買っておいで」

「もう、ぶたない？　パパさん」

この不安そうな瞳。捨てられた子犬のような仕草。何もかもが愛しく辛い。

「ぶたないよ」

そうして安心させるが、心は収められない。

この女は……この女は……この女は……。

もう戻れない。何度も口論が繰り返される。

ついにたまきは家を出た。

「パパさん、さようなら。チコさんをお願いしますよ」

夢二はそのとき、たまきの方をふり向かず、面をふせて煙草を吸っていた。ここのところ、ヘビースモーカーになっていた。

たまきは富山に行くという。それ以上のことは聞かないようにした。去るものを追う気にはならない。いっそ目の前から消えてくれたら、すべてを忘れられるのではないかと思った。

別れの日、不二彦にねだられて買ったウサギが子供を生んでいた。十五羽も生まれたが助かったのは三羽だけだった。

それでも夢二はほっとした。これで、たまきがいなくなってもしばらくはチコの気もまぎれるだろう。この小さきものたちのおかげで。

「私もこのうちに置いていただければ一番良いに違いないんです。この人も私を放したくはないらしいです。それでも、私がやさしくなると反抗的に心にもないイヤミや強いことを言って、『出ていけ』と言うんです」

たまきは友人にそう漏らした。すっかり夢二は自分の手の上で転がっている坊や扱いだった。きっと、この富山行きも、いずれは戻るだろうという勝算あっての決意だったかもしれない。

淋しがりやの孤独好き……それが夢二だった。あまのじゃくでしかたがない、わかりやすく難しい男だ。


たまきがいない。

何度も繰り返してきた喧嘩。何度も繰り返してきた復縁。いつも傍にいると安心で、だが、わずらわしくて、だが、あたたかくて、だが、いらいらして、だが、もう心からは愛せない妻だった。

パパさんとチコとばあやの生活が始まった。もともと、母親らしい家庭的なことをすべてしていた女のわけではない。ばあやがいれば、チコのことなどなんとでもなるさ、と夢二はせいせいしながら、夜は床の中で柱時計が時を刻むひそかな音にも過敏になってしまう。夜は子供と二人の部屋は広すぎる。人間一人分のぽっかり空いた穴に、風が通っていくようなそんな感じがして寝つけなくなる。

次の朝、夫婦の事情をよく把握していなかったばあやが、不二彦に
「かあちゃんはどこにお行きなさったの？」

と聞いた。

「富山」

意外にも、子供ははっきりと答える。何もかもを知り尽くしているかのように。母がこれからいなくなるのをわかっているのか。

いや、その数分後には生まれたばかりのウサギの子を見て大はしゃぎしている。

子供はいいな、と夢二は思った。もうすでに、こちらの大きい子供の夢二の胸は、悲しみと淋しさと切なさが大きな塊となって澱んでいたのだ。

はぁ……とため息をつく。ばあやがしつこく出て行った理由を聞いたりしなければいい。ばあやだけではない。来客のすべての「奥さまは？　たまきさんは？」に応対しなければいけないのは自分なのだ。わずらわしいことが幾重にも重なってくるようだ。

ここしばらく、筆をまったく取っていなかった。絵を描くような精神状態ではなかったのだ。

さて、約束していた仕事を再開しようと、取りかかるつもりで二階のアトリエに上がっていったのだが、気が向かない。白い紙面を見つめているうちに、過去に描いたたまきの姿が浮かんできてどうにもいけない。

窓の障子を開け、空気を入れ替えようとすると、寒さが身に染みるながらも、胸を震わす風景に感動した。西の森の上にくっきりと富士山が姿を現していた。

「チコ！　チコや！」

不二彦を二階に呼びつけた。

「なあに？　パパさん」

駆け上がってきた小さな不二彦を抱きかかえて、窓の桟に置いた。

「富士山が見えるよ」

「どこ、どこ？」

「ほうら、あっち。パパさんの指の方をごらん」

「あ、見えた！」

「不二彦の名前はあの山から取ったのだよ」

「チコは富士山なんだね」

「あのお山にかあちゃんとパパさんは登ったんだよ。そのときにチコがかあちゃんのお腹にいたんだよ」

「ぼくも登りたいなぁ」

「もう少し大きくなったらね」

「パパさんと……かあちゃんと……ぼくと？」

「あ……ああ……」

夢二の胸は苦しくなるばかりだった。昨日、彼女は出て行ったばかりだというのに。あんなに憎みあって、あんなにいがみ合っていた人だというのに。これが家族というもののつながりなのだろうか。

そのとき、二階へ上がってくる足音が聞こえた。

「先生、こんにちは。絵を見てください」

彦乃がいつものはにかんだ笑顔で、新作の日本画を携えてやってきたのだ。このときほど、人との触れ合いが嬉しく感じたことはなかった。この娘は本当に心を癒すやさしい笑顔を見せてくれる。

二人は尊敬と庇護の気持ちで向き合っていた。

第二章　恋しい人

その娘は、夢二好みではなかった。面長、大きな二重の眼、彫りの深い西洋風の顔立ちでいながら和の情緒のある表情、粋筋の香り……そのどれも持ち合わせていない。

下世話な話、男がそそり立つような色気を感じない。守らなければいけない少女のままの女性だった。彼女の裸体を想像するのも罪のような、自己抑制がおこるタイプだった。

「化粧はしないの？　そろそろお年頃だ」

「私、お化粧下手なのです。それに似合わないんですよ、童顔で」

「髪はいつも丸髷だね。今はやりの二百三高地なんかはしないの？」

「うふふ。あんなにするとお団子になってしまうの。だって、私のお顔は丸いでしょ？丸が二つでおかしいのよ」

と、照れながら答える子。笠井彦乃。

好み以前の問題で、恋愛対象にはなりえなかった。それまでの恋の相手とはまったく異なるタイプだった。

いつも夢二は激しく一目惚れに陥る。たまきのときもおしまのときも、キク子のときも、そうだった。

だが、彼女を女として考えるとあまりにウブで、こちらが罪悪感を抱く。そして、彼女には情欲、劣情や夫婦の愛憎、この自分の背負った絶望感、そういった負債を一緒に共感してくれる術はない。・

だからこそ、彼女を弟子として今でもかわいがっているのだ。彼女は女としての対象ではなかったが、存在だけで、癒してくれる力を持っていた。

最初に会ったとき、彼女はキラキラ輝く瞳でこう言った。

「私、先生のような素晴らしい画家になりたいのです！」

夢二はまっすぐな真心がまぶしく気恥ずかしかった。

「よしてくれたまえよ。画家とは名乗らないぜ。よく日本画の大家なんか、自分で美術家とか画伯とか自称しているがね、あれはいかがなものだろうか。私にはわからないね」

「じゃ、絵描き？」

「絵描きも変だし、アーティスト、ペインター……なんてのもいけない」

「でも、先生は素晴らしい絵をお描きになられるのですし……」

「絵描きという商売は実は好きではないんだよ」

「まぁ、そんな、先生のような方が」

「本当は詩で成り立ちたかったのだが、詩じゃパンが買えないのでね」

「じゃあ、先生は……？」

「仕事で絵を描くこと……それで良いだろう」

「絵を描くことがお好きではないの？」

彦乃は泣き出しそうな表情で夢二の顔を覗き見た。その視線に心が揺れた。

「まさか、好きだよ。この道はどの道より自分に適しているさ」

「好きですわよね。じゃなきゃ、あんなに美しいものを描けるはずがないわ。描くことは

「幸福? ああ、そうだね、幸福だよ」

「ああ、良かったわ。私、安心しました」

絵を描くことが幸福であること。こんな基本的なことを夢二は忘れてしまっていた。日々に流され、生活のために描き、注文をこなすために筆を走らせる。それが惰性になっていたときだった。

そんなスランプに陥るところを、この小さな女の子が救い出してくれたように、彼は新鮮な気持ちで絵筆を握ることができた。不思議な娘だ。そして、これほどまでに純粋に自分の創作活動を支援し、理解してくれる初めての女性であった。

一方、これほどまでに売れっ子でありながら、気取らない夢二に対して、彦乃は師として以上の好感を持っていた。

それにしても、この娘には誰にも打ち明けたことのない内心を、さらりと伝えられてしまう。それが不思議だった。

有名になると、近づいてくるものの中にも敵を見つける。ライバル視や詮索、名前を利用せんとするもの、敵意もあらわに牙を剥いてくるものもいる。そして、いつかのように裏切り行為を平気で行うような人間も。

だが、彼女にはそれほどの野心も感じられず、本当に夢二の絵を純粋に愛し賞賛し、彼のもとで勉強したいという向上心だけが光っていた。

この女を守りたい……この気持ちはもしかしたら初めてかもしれない。

「笠井くん、明日も来たまえよ」

今では夢二の方から積極的に彦乃の参上を待った。もちろん、たまきのいない淋しさを埋めるためでもあっただろうが。

◇

一人寝がこんなに侘しいものだとは知らなかった。もちろん旅先での旅館の一人とは違う。家に待っているものがいない淋しさだ。

夜遊びをして遅い帰宅では、不機嫌なたまきとの口論にうんざりしていた。かといって、自由になった今、夜遊びをしようかとか、カフェーやお座敷に行きたいとか、かえって思えなくなった。

上野にある港屋も女主人を失って閑散としてきた。たまきとの問題を憂慮して、たまきの兄が一人で店番を手伝っていたがなかなかうまくはいかない。

家のアトリエで絵を描いたり、時折、店をのぞく。用事で出歩いていても、このごろは陽が暮れてくると家で待つ不二彦のことが思われ、一刻も早く帰りたいという気持ちになったからおかしなものだ。

暗い通りを一人で歩く。不二彦のためにヌガーやバナナなどというハイカラなお菓子をお土産に、急いで歩く。

小さな窓の光を見つけ、「あれが俺の家か」と思うとわけもなく空しくなってきて、目頭が熱くなる。

もう、たまきはいないのだ。

涙が乾くまで玄関脇に立ってから、家に入ると静まり返っている。もうすでに不二彦は眠っていて、ばあやは和箪笥《だんす》の前に背中を丸め正座し、何かチクチクと繕い物をしている。

「今日は何かあったかい？」

「はぁ、べつだん……ああ、大家さんが勘定をとりにきました。それだけですよ」

と、さらに淋しく答える。

このところ、不二彦の隣に布団を敷いて寝る。冷たい床に滑り込み、不二彦の寝顔を見つめていると、いじらしくて胸が熱くなる。

「かあちゃんがいなくても淋しくないかい？」

ふと、聞きたくなるが、それは自分への質問ではないのか。淋しいのは自分に違いない。家が冷たく、呼吸を止めてしまったかのようにしらじらしく感じる。この家の主はあの女房だったのだろうか。こんなふうに弱い自分がさらに空しく、人間とは孤独な生き物であるのだとしみじみ思う。

もう今はたまきを憎む気持ちはない。

だが、彼女を再び愛することは不可能だ。ジレンマだ。

このところ、心が浮き立つのは彦乃の顔を見るときばかりだ。おかしい。あの娘の笑顔、あの娘の笑い声、近寄ると甘くやさしい体臭。それは化粧のにおいでもなく、成熟した女のフェロモンでもなく、彼女の青く、すがすがしい肉体が発するものだ。

それらを部屋の中で感じるとき、心から安堵する。以前は港屋の二階のたった三畳ばかりの和室で絵を見ていたものだが、最近では家の方に通ってきてもらうようにした。

不二彦に会わせたくも思う。少しでも大人の女性に会えば、母を恋う気持ちをやわらげてくれるのではないかと思う。

知人が新しいモデルを連れてやってきたが、どうにも顔が卑しい感じがしてならない。とりたてて醜いわけではないのだが、世慣れたその媚態が鼻についてしかたなく、描く気が湧かず、二、三デッサンしてすぐに帰してしまった。

どうにもおかしい。あの娘の可憐さに出逢ってしまったからなのか。なぜ、あのようなこの世の汚れをまったく知らない無垢の表情をいつまでも保っていられるのだろう。このごろはほかの女性を見るたびに彦乃を思い出してしまう。

夢二はまだ知らなかった。彼女の存在が深くジワジワと彼の心に浸透してきていることを……。


日もすがらまちわびぬればこころおれいつそこの子のいとしきものを

「かあちゃんはまだなの？」

不二彦が淋しげに聞く。

「ああ、まだだよ」

夢二が下駄を履こうとすると、飛んできて、

「どこへゆくの？」

と、必死に聞くようになる。

「ぼくもゆきたい」

「お仕事だからね」

「ぼくもお仕事ゆきたいなぁ」

不憫で後ろ髪が引かれる。

もう白粉の匂いも、三味線の音も、夢二を引き寄せる引力を発揮しなくなっていた。女の体は恋しいが、誰を抱きたいわけでもない。

ああ、彦乃の声が聞きたい。消え入りそうないたいけな声。

その日、生まれた子ウサギの最後の一羽が死んでしまった。

しばらく泣いていた子供を寝かしつける。

「神様がついていらっしゃるから、安心してねんねしな」

こっくり頷いて眠りにつく。やさしく頭を撫《な》でてやる。

寝たかと思い、立ち去ろうと腰を上げると、泣きはらした赤い目をまた開けて、心配そ

うに夢二の存在を確かめる。この子は「死」というものに恐怖しているのかもしれない。動かなくなった小さなウサギの亡骸をいつまでもさすっていたなぁ。

「いい子だから、ねんねしな」

「だって……」

「だって、神様がね、頭を撫でたから目がさめるんだもの」

ああ、こんなにかわいいものを。

この子が生まれて初めて、これほどまでに父性愛が自分にあったのだと自覚する夢二だった。

◇

明治三十七年の日露戦争、大正三年の第一次世界大戦に伴う戦時好景気で、日本は活気づいていた。庶民の生活にも潤いが出て、街は西洋文化、風俗が花開いていた。

明治三十七年の三越呉服店の宣伝『当店販売の商品は今後一層其の種類を増加し凡そ衣服装飾に関する品目は一棟の下にて御用弁相成候様施設致し結局米国に行はるるデパートメントストーアのいちぶを実現致すべく候事』による〝デパートメントストア宣言〟で、大衆の人気が広まった百貨店には多くの外来品が展示されていて、人々の目を楽しませ購買意欲を促進していた。

桜はもう花吹雪の時を過ぎ、青芽が芽吹いてきたころ、夢二は不二彦を百貨店に連れて行こうと思い立った。

「明日、笠井くんも来ないかい？」

「まぁ、嬉しいわ、行きますとも」

彦乃を誘って、三人で出かけた。ここぞとばかりに彦乃は薄化粧を施し、紅を塗ったおちょぼ口は、いつになく艶っぽかった。本当に無理をしなくてもきれいな娘だなぁ、と夢二はあらためて見とれた。

白木屋呉服店は子供にとっても女にとってもワンダーランドのようで、おおはしゃぎだった。

「ちょいとかんざしでもプレゼントしようか？」

と、夢二が言うと、

「いいえ、そんなもったいない。それならチコさんと私においしいものをごちそうしてくださいな」

と、十一も年上の男に対してさえ気遣って遠慮した。女はおねだりをするものと思い込んでいた夢二は意外な返事に不意打ちをくらった。この娘は芸者とはまったく別の生き物なのだ。

三人は日本で初の百貨店の食堂に立ち寄り、洋食に舌鼓《したつづみ》を打った。店員が彦乃の注文のライスカレーを運んできた。

「お待たせしました。こちら、お母様のご注文ですね」

「あら……あ、はい、そうです」

店員の誤解を否定せず、彦乃は一瞬、躊躇《ちゅうちょ》してそれを貰い受けた。

「おねえちゃんがお母様？」

不二彦が首をかしげた。

「そ、今日だけはお母様なんだってさ、マイワイフってこと」

夢二が照れ笑いして口をはさんだ。

「やだわ、先生ったら」

彦乃は真っ赤になって俯いた。

急速に接近してきた二人だった。

三人はひとしきり店内をめぐってから、屋上に上がった。屋上には温室を備えた植物園がある。日本画家として、植物観察は必須だ。彦乃は胸をときめかせて入場した。

「まぁ、これがバナナの葉ね。なんて大きいのかしら。熱帯にはこんな葉が茂っているのね」

「これは日本画的ではないね」

「そうですか？　これからの日本画は、和洋折衷になってもおもしろいと思うわ。もうありきたりのモチーフばかり象《かたど》っていてもおもしろくはないもの。この葉っぱを胸に抱いた裸婦なんていうのはどうかしら、先生」

時折、ドキッとする大胆な発言をするところもあった。絵画に対する情熱や個性的な見解も実におもしろい。

「まぁ、あれは何でしょう?」

浮かれた彦乃は子供のように目をクルクルさせていた。

「先生、おいでになって、こちらよ、ほら」

ふり向いてこちらへ来て、夢二の手を引こうとしたそのとき、段差に足を取られて前に転びそうになった。

「あ!」

次の瞬間、彦乃が腕の中に倒れ込んできた。鬢《びん》付け油の香りが夢二の鼻腔をくすぐった。

前かがみになった彦乃の白いうなじが夢二の目前にあった。うなじから肩甲骨の上部あたりにつながるところに小さなホクロを見つけた。

かわいいホクロを持った娘。

かわいい天分を持った娘。

腕の中で柔らかく、あたたかく、とろけていきそうだ。

「ごめんなさい。先生」

つい、うっかりと抱きしめたままで立ちすくんだ夢二の胸から、ゆっくりと顔をあげて、彦乃は体を離した。時が止まってしまえば良かった。

心は自分を偽る術を知っていても、体は本能のまま、内なる愛を確認する。夢二の肉体も若葉のように萌えていた。

——求めていたものかもしれないけれど、したことではない。求めていたのとすればずっとはじめ、はじめてみたときからであったろう。

　求めるということに少し無理があるように思っていた。今はそうではないような気がしている。私は、今は求めて良い「時」を得たのだろうか。


「発見したぞ、発見したぞ、笠井くんの秘密を」

　照れくささに夢二はわざとはしゃいだ声をあげた。

「何ですか、いったい、何のこと？」

　先ほどから乱れっぱなしの胸の鼓動を抑えて、彦乃は何もなかったかのように取り繕った。

「コロンブスは発見したぞ」

　ふざけた子供のようだった。

「何を、ですか？　もう先生！」

「うなじのホクロだ」

「まぁ！」

　プイとふくれてソッポを向く仕草の愛らしさ。

「さ、行きましょ、チコさん」

不二彦の手を引いてさっさと行ってしまう。

「パパさん、そんな発見しかできないなんて、悲しきコロンブスね！」

クスクス笑った背中が揺れていた。春の日。


襟足のホクロはかつて誰が手にも許さざりしといへる君はも

◇

「きゃ――っ！」

彦乃の悲鳴がする。

二階のアトリエにいた夢二は、慌てて飛び出て彦乃の悲鳴のする方へ走って行った。

「何事だ！」

彦乃は裏庭にあるモクレンを写生しているはずだった。

彦乃は裏庭に面した縁側から、勢いよく駆け寄ってきた。

「先生！　たいへんよ！」

顔面蒼白で夢二の胸に飛び込んだ。小刻みに恐怖に震えている。

「いったい、何が！」

「お庭に……お庭に……」

「庭に何が？」

彦乃は裏庭の東の隅を指差した。

「あのアジサイの根もとに……」

夢二は裸足のままで縁側から庭に降り、ゆっくりとアジサイのある庭の片隅に足を運んだ。彦乃は顔を両手で伏せたまま、縁側から降りようとせずに立ちすくんでいた。

アジサイの葉の下……そこには子供の拳大《てのひら》の何やら突起物が土から見えていた。目を凝らしてよく見てみると、それは……

「うわぁ！」

夢二もその場から一瞬後ずさった。

「これは、ウサギ……」

それは子ウサギの腐敗しかけた頭部だったのだ。

「なんでこんなものがここに？」

先日死んだ子ウサギだったが、これはばあやか不二彦が墓を作ったはずではなかったか。ぼくが埋めるといって、不二彦が自《みず》ら掘った墓だろう。

ウサギの頭部はうつろな眼をして土から顔を出していた。体はすべて土に埋まっているのだが、埋葬したとしたら不自然すぎる。とりあえずは彦乃を安心させるためにその場を取り繕った。

「笠井くん、心配しなくていい。うちで飼っていたウサギが死んでね。埋めたのだけれど、きっと、猫にでも掘り返されたに違いない」

「ああ、そうだったんですの。ああ、驚いちゃった」

彦乃は胸を撫で下ろした。

そこへ、買い物から帰ったばあやがやって来た。

「ばあや、これを見てごらん。なぜ、こんな埋め方をしたんだ」

「まぁ、私は知りません。だんなさまが埋めてくださったものと！」

「じゃあ、不二彦が？」

「ぼっちゃん！　ぼっちゃん！」

呼ばれて不二彦が飴玉を咥えてやってきた。

「チコ、おまえは何でこんな埋め方をしたんだい？　こんな惨《むご》いイタズラはパパさん許さないよ」

「イタズラなんかしてないや！」

不二彦は反抗した。

「じゃあ、なんでウサギの首を出したままなんだ？」

「だって……」

「だって、ウサギさん、息ができないと苦しいよ」

「あ……」

夢二とばあやと彦乃は顔を見合わせた。

そして、

「なんてやさしい子なのかしら、チコさん」

と、彦乃は感激に目を潤ませた。

「でもね、ウサギは死んでしまったんだよ。もう息はしないんだよ。だから、すっかり土に埋めてあげないと、もっとかわいそうなんだ」

夢二はしゃがんで不二彦の肩を抱き、目線を合わせて言い聞かせた。

「死んだら息をしないの？」

「そう」

「ねんねしたときも？」

「いや、ねんねと死ぬこととは違うよ」

「ぼくはねんねしても死なないね？」

「ああ、死なないよ」

「パパさんも、かあちゃんも死なないね？」

「ああ、死なない。死なないよ」

「おねえちゃんも？」

それを聞いた彦乃は胸の奥がキュンと痛んだ。

「おねえちゃんも死んだりしない。でも、ウサギさんは死んでしまったね。だから埋めてあげよう」

不二彦はしゃくりあげながら、納得したように頷いた。

それから父子はそのウサギを再度、アジサイの下に埋葬した。

数日後、たまきから不二彦に宛てて葉書が届いた。もう今は、彼女の文字を見ても何の感慨も湧かない。もう少し以前ならきっと、宛名を見ただけで涙腺が緩んでしまったに違いないが。

今の心は愛しい娘のことでいっぱいだった。

【チコサンハ　ヨクネマスカ　ヨクアソビナサイ　ウサギハオオキクナリマシタカ　タマキ】

たった、それだけの文面だった。絵葉書は嵐山風景。スタンプは嵯峨。彼女は今、京都にいるらしい。

「ほら、チコ、かあちゃんからお手紙だ。かあちゃんは死んだりしないよ」

「うん」

「読むぞ」

「うん、読んで」

「チコさんはよく寝ますか？　よく遊びなさい。たまき」

「それだけ？」

ウサギのことには触れずにおいた。不二彦はまだ文字は読まない。

「破きなさんな」と、葉書を渡そうとすると、

「ぼく、小さいから破くの。大きくなる時見せてちょうだい。パパさんしまっていてね」

と、つき返した。まだ手紙のようなものに母を想う年頃ではない。近くにいる母性と、やさしい手のぬくもり、それが必要な子供なのである。

不二彦はそう言うと、彦乃の膝に甘えて座って絵をおねだりしていた。

◇

まだ手も握らない仲だった。出逢ってからはすでに三ヵ月ほど過ぎた。

アトリエで接近しながら日本画について議論をしていると、最近では胸が高鳴ってしょうがない。夢二はたまりかねていた。

「笠井くんは、接吻をしたことはあるのかい？」

唐突な質問だった。

「ありません……」

すでに、心を見透かしたように、彦乃はそれだけ答えた。

「そうか。それじゃ、どんな味がするのかわかるまい」

「まぁ、味がするの？」

「そうさ、するさ」

「いったいどんな味？」

好奇心いっぱいに聞く。

「ストロベリーの味だよ」

それを聞くと、彦乃は上品に手を口にかざしてクスクス笑った。

「そんなおかしなこと言わないで」

「本当だとも。知らないくせに」

「そんな味がするはずがありません」

彦乃がそう言うと、夢二はいきなり彦乃の顎《あご》をやさしく手で掴んで、顔を近づけた。

「あ……」

抵抗することもなく、唇が重なり合った。瞳をつぶって、震えているかわいい小鳥のような彦乃を、夢二は強く抱きしめながらキスをした。ソフトでやさしいキスだった。

眼を閉じたまま彦乃は唇を離した。

「そんな……」

「なんだい？」

「本当に、本当にイチゴの味がするわ。甘いわ」

「だろう？」

「嘘よ、そんな……」

二人は再び、口づけを交わした。もう後戻りはできなかった。

「なぜかしら。なぜ、唇が甘いのかしら……」

彦乃は訝《いぶか》しがっていたが、その甘さに全身がとろけるような状態になっていた。

「ねぇ、二人は運命だったね」

「先生」

「そうだろう？」

「ええ、とっくにそう思っていましたわ」

階段をあがる小さな足音が聞こえてきた。

「パパさ〜ん」

不二彦だった。

「ばあやがね、誰がやったかって」

「何のことだい？」

夢二は着物の襟を正して、不二彦に向き合った。

「ジャム食べたの」

「え？　ジャム？」

「ぼくじゃないもの」

「ああ、チコじゃないさ」

彦乃はそのやりとりを聞いて、「あ！」と声を上げた。

「先生！」

「ばれたかな、あははは」

「ストロベリージャムの味ね！」

こんな平和な恋があったのだと、夢二は年甲斐もなくときめいた。年上の世慣れた女房との激しい恋も、芸者との粋な駆け引きも、おしまさんとの純情ごっこも、それまですべての恋愛を愛だったのだとは思えなくなってきた。

結局は愛欲、そんな言葉がふさわしく思える。

そして、彦乃とは、愛欲に浸りたいという前に、心から〝愛しく、切ない〟感情の方が先立っていた。三十一をすぎたといっても男盛りだ。こんなに自分に節度があるのだと知らされた。手に入れたいけれど、汚したくない……生娘を相手にするのも初めてだった。そこには男の聖女幻想もあった。

しばらくして二人は結ばれた。

着物も自分で脱がずにモジモジと俯いているばかり。夢二は大切な割れ物の荷をほどくように慎重に、彼女の帯を解いていく。

長襦袢《ながじゅばん》は淡紅《たんこう》で、清潔感に溢れている。汚れのなさを物語る。それをめくるとその下には乳白色の玉のような若い肌が現れた。

「いや、はずかしい。怖いの」

そのまま布団に横になり、胸もとを両手で隠す。

「怖くなんかないよ」

その腕を両手で掴んで広げると、恥ずかしそうに顔をそむけて眼を瞑《つむ》っている。

やさしくまぶたに口づけする。

まだ二十歳のその胸は仰向けに寝ていても、小ぶりながらもお椀のような形を保ったまま、ツンと天井を向いていばっている。夢二があまりに感激したのは、その先端がとても薄い桜色で、まだ誰の唇にも侵されていない花びらにも似た美しさだった。

それは彦乃の小さな唇と同じ、桜色。これほどにもけなげで儚げな乳首を持った女を知らない。

その山の先端を指で触れると、「あっ」と声をあげ、過敏に反応する。彦乃は身体全体を硬くした。張りのある小さな膨らみ。夢二の分身はすでにはちきれんばかりに燃えたぎっていたが、処女を相手にゆっくりとソフトに愛撫を繰り返す。今までにないやさしさだった。

口に含むとたよりない乳頭。子供の小指の先ほどもない小さな突起が、ようやく硬くなってはきたが、それを力強く吸うことはかわいそうなほどの存在だった。

「ああ、あ……いや」

声を殺して小さく喘ぐ。

秘部に指を滑らせる。指先の器用な夢二は愛撫が得意で、女たちには好評だったが、欲望を発散するための自分本位の床ではおざなりだった。

久しぶりにその自慢の指を、まだ誰も知らない草むらに這わせた。そこはすでに潤い、健康的な透明な糸が指先に絡んだ。前人未踏の秘境に指を滑り込ませようとするが、「痛い」と言って身体をひねる。

だが、その上方にある小さな突起に人差し指をリズミカルに動かすと、痛さも忘れて甘い吐息を漏らす。頬はすっかり紅潮し、額には汗がにじむ。全身も汗ばんで、その肉体からメスになりかかった麝香《じゃこう》のような甘い香りが立ちのぼってくる。

彦乃は初めての快感を与えられた。経験がないゆえに、その快感はあまりに強烈だった。すっかり肉体は男を受け入れられるものだった。

何度か下半身が思わぬ肉壁の抵抗に合いながら、彦乃の涙を唇で吸い上げ、やさしく丁寧に挿入を試みた。

ついに貫通したとき、その激しい締めつけに、夢二は何度も果てそうになるのを我慢した。このすさまじい快感をすぐに終わらせたくない気持ちだった。この娘がそれを知って故意にするわけでなく、若く純粋な肉体はこのように、男を悦ばせるものなのだと知った。

終わった後に、夢二はいつまでも彦乃の頭を撫でていた。

「かわいい、なんてかわいい娘だ。愛しているよ」

彦乃は痛みに泣いた涙は乾いたが、今では女になった感動と、愛されることの実感と、ひとつになった嬉しさに、いつまでも涙を止めなかった。

「わたくしも、心から愛しています」

◇

日々が美しい。

太陽も月も、風も心地よい。あの娘がここにいるからだ。腕の中で寝息を立てる、そんな娘が狂おしいほど恋しい。

ばあやに隠れて逢瀬を重ねる。まだ誰にも知られてはならない。いくらわが身は独身であるとはいえ、内縁の妻たまきの存在は大きくのしかかる。そして、彼女はまだ学生で、師弟関係だ。それは倫理的にお披露目できる間柄ではない。

だが、世の中のそうしたしがらみなど何が関係あろう。二人にはもうすでに切れない絆ができていた。

逢うたびにあの娘は肉体を柔らかくし、しなやかに、そして悩ましく、快楽の波を受けとめていく。その経過がいかに素晴らしいものであるのか誰にもわからないだろう、あの娘を知らなければ。

彼女はまだ若く、希望に燃えている。ほかの女のように安定の場所を求めてくるわけではない。妻の座などというものに執着がない。だからこそ、こうして愛だけを貪《むさぼ》りあう。

純粋にしたたかに、そして美はさらに磨かれながら、愛だけを貪り合う。

庭のアジサイを二人で写生し、不二彦と三人縁側でスイカを頬張り、十五夜の名月を二人寄り添い眺めつつ酒を呑み、終わりゆく夏を惜しんだ。いつまでもこうして二人の逢瀬が続くものだと信じていた。

まさか、そんな何気ない幸せが魔の爪によって引き裂かれることがあろうとは。


「子供ができましたよ、パパさん」

突然、たまきが現れて夢二に告げた。

「子供？　何のことだ」

「いやだ、三人目の私たちの子ですよ」

夢二の目の前が黒く染まった。立っているのもやっとだった。俺の子？　いったいいつの？　別居していたこの間に？　もしや東郷の。

「あなたの子に間違いありませんからね」

こちらの心を見透かすようにそう告げるたまきは、勝ち誇ったように見えた。

夢二はその恐ろしい知らせを、他人事のように聞いた。ああ、また望まれない子供が来年にも生まれる。確かにたまきの腹部は膨らみを増していた。

彦乃に告げなくとも、すでにたまきが港屋に出現したことで、すべてがわかってしまった。

「生まれてくる赤ん坊には罪がないのですものね」

「それはそうだが……」

「でも、先生、これだけは教えて。私とそうなってから……」

泣きじゃくる彦乃の唇に人差し指を持っていき、それをふさいだ。

「そんな悲しいことを言うものではないよ。間違いない。五月から九月の今日まで、私の床は清いままだったよ。すべてはおまえのためだけにあったではないか」

「ああ、そうですね。ごめんなさい。私ったら何てことを……」

「それにしても、惨い」

「先生……私……」

「おまえがかわいそうでならないよ」

「先生、私は……私にも……」

「何だい？」

「私にも許婚《いいなずけ》が……」

「なんだって」

寝耳に水だった。今度は目の前が真っ白になった。それにしても女たちは、残酷な告白をいともたやすく言ってのけるものだ。

「ごめんなさい。お話する機会を失ってしまって。でも、勝手に父が決めた子供のころからの許婚なのよ。ちっとも愛してなんかいません。それに、ずっとアメリカに留学しています。会うこともありません」

「そうだったのか……婚約していたのか」

「婚約だなんて……勝手に決められたことなのよ、許して」

まだ見ぬ子供、まだ見ぬ婚約者、いずれも夢二の生まれて初めての真剣な恋愛を邪魔する魔物に思えてくる。何も罪はない二人であろうに。

◇

たまきは港屋に帰ってきた。大きなお腹を抱えて。

彼女は以前からそりが合わなかったばあやにはやめてもらい、また自分で子供を育てたいと不二彦を自分の手もとに置いた。ばあやはかわいがっていた不二彦との別れを惜しんで泣きながら家を出た。

たまきは彦乃との仲を薄々感づいていた。

「あの方はこのごろ見えて？」

小憎たらしくわざとらしい質問をする。

「いや、もう来ないな」

「あの人は本当にかわいい人ね」

夢二は黙り込む。

いくら三人目の子供が腹にいようとも、すでに夢二の心はたまきには欠片《かけら》も残っていなかった。
彦乃、彦乃、ただあの娘に逢いたい。けれど、あの別れの時以来、彼女は傷ついた小鳥。もう羽ばたいてきてはくれない。二人には別れるしか術がないのだろうか。

カーテンを深くたれてねませう。
ふたりの床をみられぬために。
灯を消してねませう。
きみへのおもひを知られぬために。
そつとしづかにねませう。
それはいたづらな運命にこのひそやかな
幸福をねたまれぬために。

あはれきもしのびなくとも
ねなたてそ
ふたりがこひをしられぬがため。
恋の小鳥をのがさぬやうに。

別れられるはずがないではないか。

「許婚など問題ではないさ」

二人は周囲の目を盗み、事実上の不倫関係のように忍び逢った。逢瀬の場所はホテルや料亭での短い時間だった。

私は帰らなければならない、そして、あなたは帰っていってしまう、と、彦乃は帯を結びながらいつも涙した。

一時、別居していたたまきは、あれから精神が不安定になっていた。マタニティーブルーもそれを増長した。自分につれない夢二の心、それがすっかり自分への感心をなくしていることに敏感に気がついていた。ましてや、お腹の中の子供のことなど、少しも気にしてくれなかった。

ある日、知人の羽仁《はに》夫人が、夢二に話があると言ってきた。

「奥様はちょっと、どうかなさったのでしょうか？」

「どうかといいますと？」

「いいえ、妊娠中のことですから不安定なのはわかりますの。でもね、この間、宅へ寄られまして相談があると……」

「あいつは何を相談に？」

「子供を貰ってくれないかとおっしゃるのですのよ」

「え？」

「チコちゃんと生まれる子と」

「何を馬鹿なことを……」

夢二は絶句した。それでなくても虹之助は夢二の実家に里子に出されている。亡くなった前夫との娘も養子に……。これ以上、不幸なことを。

「なぜそんなことをおっしゃるのかと問えば、子供さえ引き取ってくれたら自分はどこかへ嫁ぎたいと」

「嫁ぐ？　あいつが？」

「その後がいけませんわ。それからは自立して母のないかわいそうな子供の世話でもして働きたいと、そんな矛盾だらけなことおっしゃるのよ」

「何てことを、あなたに……」

「他人の子の世話ができるなら、自分の子を捨てるなんてこと。たまきさんのおっしゃることは、あまりに無責任で、私はもうお話する気もありません。あんまりお子さんが不憫じゃないですか、それでは」

「おっしゃるとおりです。本当にどうかしています」

大きな器を持ちやさしい思いやりに満ちた女性、羽仁夫人に彦乃のことを打ち明けた。

「もう決めておしまいなさいな。その方と新しい人生を。でも、結婚はいそがない方が良いでしょうね。その方なら子供のことも喜んで引き取ってくださるわ。夢二さんさえしっかりしていれば」

夢二は、渡る世間は敵ばかりかのように感じていた昨今、このように自分や子供の幸福を願ってくれる人がいることに救われた。

「あなたは良い家族を得なければ、それこそ絵が描けなくなってしまいましてよ。たまきさんもあなたも自由にならなければ」

「ありがとう……」

◇

たまきはなぜ平気で子供を捨てるということが言えるのだろう。本当に彼女には愛情の欠片もないのだろうか。

妊娠中の女をことさら苦しめる気持ちはない。これ以上、おかしな行動をとられても困るし、彦乃との隙を見つけての逢瀬を邪魔されたくないことから、夢二はたまきを適当にあしらっていた。

逢えないからこそ、余計に愛しくなる。淋しさ、切なさも、あの娘が自分と同じように自分のことを思っているのだろうと感じれば、それも愛の増幅剤になる。

このところは愛に泣く。涙腺の壊れた人形のように。恥ずかしげもなく、たまきに隠れて泣き濡れる。あの娘のやさしい手紙を読み返しては。

——私は今先生のほかに何にも考えません。たといこの縁が切れようとも、愛さえあれば切れないと思います。そして、私は先生の好きな女になりたく存じます。もう私の胸の内は先生に通じないはずはございません。いつまでもいつまでも今の様な心もちの続くことと思います。

そして、自分も旅先から彦乃に手紙をしたためる。

——それは長い過去の私の放逸な生活が私の肉体と霊とを非常に不貞節にしていたとき、あなたは純一な心と清新な健康とを持って私の前に現れたのでした。それに私がどんなにフレッシュな憧憬と愛恋と持ったかはあなたも知っているとおりです。だから、ただ私はあなたを私の視線のうちに入れておくだけで私の心は満たされたのです。……だからそんな衝動を起こすようになったのは、私の放埓《ほうらつ》がだんだんに薄らいできて、あなたに対する私の心だけの貞操を守りたいと考え出してから、よほど後のことでした……でもこうしてあなたへ手紙を書いているとやはりやさしい素直な心に返って、つつましやかにあなたを思うことができます。けれど心の狂うているときよりさみしさはひとしおです……

書いたが送れない手紙だった。自分もかなりまいっているなと思う。このところは精神衰弱でなかなか寝つくことができない。

秋風に運ばれる虫の音が、「愛している」とささやくあの娘の声を奏でているかのように、聞き入る。

夢二の誕生日、九月十六日を迎えようとしているとき、今度は四人のたまきの知人に呼び出され、話し合いをする。

「奥さんは生活を新しくして出直したい。家族揃ってやりなおそうとお考えなのですよ、夢二さん」

それこそ寝耳に水だった。子供を捨てたいとほんの少し前に語った女が。

「とてもダメです。記憶を忘れることができない限り、砂の上に家を建てることなどできないでしょう？　それはあなた方だってわかっているはずだ」

夢二はそれきり旅に出たまま、しばらく帰らなかった。

彦乃は耐えていた。逢いたいが逢えない辛さ。愛を知ったばかりの可憐な蝶はすぐにでも恋する人のもとへ飛んでゆきたい。

たった一時間でも、夢二の時間と自分の自由な時間が合えば、寝食を犠牲にしても逢いに行く。

「昨日は大丈夫だったかい？」

よく出かける娘に対して不審を抱く、過保護な父親の監視の目がきつくなってきたと彦乃は嘆いた。昨日は、どうにも父親がつけてきたような気がして大急ぎで裏口から帰って行ったのだ。

「ええ、大丈夫。ご機嫌をとったりね」

「今日は？」

「一時間くらいなら」

そんな会話が常だった。以前のように不二彦と彼女と出かけることなどできもしない。来るときも、常に絵の道具を持っている。「絵を見てもらう」「スケッチしていて遅くなった」「学校で残った」など、言い訳になるために。

この切ない日々の中、彼女が制作した絵は一段と腕を上げていた。

「おや、すっかりまたやわらかくなったね、いいね」

彦乃は嬉しそうにキスをした。夢二の身体にも、癖にも慣れてきて、彼女の肉体も女性らしい丸みと情感を湛えてきた。

「今日、とても良かった……」

「そうだね」

「よくわかったの」

「何？　僕のがかい？」

「ううん、私の」

「確かに締めつけていた」

「いや……そんなこと言っちゃ」

「だって、そうだろう、それじゃ、赤ん坊ができるかな」

「私の方が先だったのよ、あなたが後だった」

「僕も相当良かったよ。怖いくらいだね」

「怖いくらい」

「離れられないね」

「…………」

女は泣いた。

「私たちは何も悪いことをしていないのに、逃げ隠れして……まるで罪人のよう……」

髪を直しながら淋しくつぶやく。

「ああ、愛とは時に罪なのだよ」

夢二がタバコをふかす。

「えくぼがあるね、ここに」

夢二は裸で背を向ける彦乃の腰を指差す。

「ええ、でもめったに出ないはずよ」

「じゃあ、これを見た人は幸福なものに違いないね」

「それを見つけた人はあなたばかりよ」

「じゃ、コロンブスの発見した無人島のようなものだね」

「コロンブスさん……ほくろもあなただけよ」

「植物園だったね」

「あの時、私、チコさんといてとても変な気持ちでしたの」

「変とは？」

「……ううん、いいの。……ただ……チコさんがかわいいな、と」

嬉しくてまた抱きしめる。けれど、二人には余裕はない。別れは身を引き裂かんばかり。

「これから君は僕の『しの』だ」

「しの？」

「そう。君をしのと呼ぶからね」

彦乃は理由を聞かずに頷いた。この娘はたいへん利巧で、ほかの女のように「なぜ、どうして、どうするの」としつこい詮索をしなくてもすぐに夢二の心を理解することができる。

忍び逢う二人。ホテルの部屋、料亭、街中、どこで逢っていても、誰かに見つかるかもしれない。彦乃の名前を呼ぶのはリスクが高い。二人の安全のためにも、次の逢瀬のためにも彦乃は「しの」になった。

◇

七日ほどきみのこぬとてきみがふみ両手にもちて泣きゐたりけり

大正五年二月の寒い朝、赤ん坊は産声を上げた。元気な男の子だった。誰に似ているかなど、まだわからない。真相は闇の中。現実には父親は夢二だ。

赤ん坊は草一と名づけられた。「草」という文字に強い思いを寄せる夢二のせめてもの命名だった。望まれぬ子という運命を背負った子を、哀れに思う気持ちを隠して。

「かあちゃんはチコの母さんでしょう？」

と産後の母親と弟の傍で不安そうに不二彦が聞く。

「かあちゃんは赤ちゃんの母さんよ」

と、からかうたまき。

不二彦は泣き出した。

「チコさんにはパパさんがいなさる」

と、たまきは残酷なことを言う。

「パパさんはお店やアトリエに行くからチコさんのとこへは来ないもの」

と、しばらく留守をしていた夢二への抗議をした。不二彦はいつも周囲の大人の顔色をうかがう悲しい子供だった。

夢二は仕事に没頭した。生活を支えなくてはならない。人気、流行というものは移り気なもので、あんなに盛況を極めた港屋はすっかり色が褪せてしまっていた。開店休業状態が続いた。

夢二の版画集も、増刷が激減していた。名前だけはさらに巨匠扱いされるというのに、なかなかまとまった収入はできない。

官展で成功し、権威によって格づけされた画家たちは評価がどんどん上がっていき、一枚のタブロー（絵画）が高値で売買される。

しかし、そのような後ろ盾がなく、人気商売として商ってきた絵描きの夢二の絵は今だに安い値で叩き売られる。欲しいと望む人があれば、その場で描いてお礼を貰うような状態が続く。

また、夢二式の日本画の値打ちは、しっかりとしたタブローを形作る造形的な油絵とは扱われ方が格段に違う。夢二は油絵の基礎がない。したがって、夢二の描く油絵は素人に毛の生えたような薄っぺらさで、評価されるに及ばない。やはり描いて手売りするしか脳のない商業絵描きなのか……と、逃げ出したい気持ちになる。

そんな中で、とうとう彦乃は美術学校の卒業を迎える。卒業制作の展覧会に、夢二はこっそりと出かけた。美術学校で基礎を学んだ彼女は、夢二のコンプレックスを埋める役目もしていた。

父兄参観のような気持ちで彼女の作品の前に立ったとき、無条件にこの絵を素晴らしいと思った。それは決して贔屓目ではないことを夢二は確信していた。彼女には才能がある。停滞したままの私はどうしたらいい。こんなことをしていたらいつまでも進歩がない。子供も生まれてしまった。

港屋は閉店した。だが、そのまま店内を改造して、喫茶店を開く。子供とともに、自活するためにと、たまきが催促をした店だった。たまきは気移りの激しい女だ。

赤ん坊の草一に対して、あまりに素っ気ない夢二に、たまきは焦燥感にかられる。自分を捨ててしまうのではないのだろうか。

「私だっていつでも再婚できますからね。言い寄る男はいくらでもいるのだから」

「ああ、わかっているさ」

夢二はもう対立しない。たまきは常にイライラしている。そんな感情を煽《あお》ったらかわいそうなのは子供たちだ。

誰かが彦乃との仲が続いていることをたまきに忠告した。たまきはひとまわり以上も年の離れた小娘に奪われると思うと、今までまったく執着しなかったもの、子供たち、店、そして夢二まで、手放すまいと躍起になった。

赤ん坊をおぶって、何度もアトリエの夢二の邪魔をしにくる。

「ほうら、パパさん、草一の鼻ったらあなたの鼻にそっくりね」

しきりに赤ん坊を抱かせようとする。夢二の空虚な目にはそんな女の姿は映らない。赤ん坊はただただ哀れな気をそそる。

「こんなところに来ないで、やりたかった喫茶店を切り盛りしたまえ」

冷たい言葉が突き刺さる。

◇

——もうお逢いできません。たいへんなことになりました。

夢二のもとに彦乃からの伝言が届く。たまきが彦乃の家の門を叩いたらしい。

たまきは生まれたばかりの赤ん坊を背負った姿で、彦乃の父親に話し合いに行った。その切羽詰まった形相《ぎょうそう》に笠井家の人間たちは尋常でないものを感じた。

「うちの主人は絵描きです」

「はい、存じています。竹久先生には彦乃がお弟子にしていただいて、ずいぶんお世話になったとかで」

「いいえ、こちらこそお世話になっていますの」

「え？」

「はっきり申し上げます。彦乃さんをうちの主人のお嫁さんにください」

彦乃を溺愛している父親の血相が変わった。

「あんた、何を言ってらっしゃる？　自分の言ってること、わかっておるのかね？」

「ええ、もちろん」

「あんた、奥さんだろう？」

「ええ、内縁ですけれどね。子も三人」

「いったいどういう了見で」

「うちの人には彦乃さんが必要なんですよ。絵を描くためにも」

「な、なんてことを！　この……気でも違うのか、あんたは！」

父親は顔面真っ赤になり激昂して、噴火寸前の火山のようだ。当然である。いきなり娘の不倫相手が世話になっている先生であると告げられ、そのうえ、この一方的でエゴイスティックな希望が、生まれたばかりの子供を背負った女から出るとは……天地がひっくり返る大騒動だ。

「おまえらには倫理というものがないのか！」

そう言ったきり、父親は部屋を出て行った。

夢二の女好きの噂は雑誌などで知れ渡っていたし、有名人にはそういったゴシップはつきものだ。

だが、まさか、天使のように思っていた自分の大事な娘にまで手を出す鬼畜であるとは、思いもしない父親だった。

真面目に絵を描いている姿をいつも見ていた。

だが、素行がおかしくなってきたころに、特別に監視の目を厳しくしてみたものの、娘はすでに親を欺《あざむ》く手練を習得していたことにまで気がつかなかった。

三人も子供を持つ、女たらしの絵描きなんぞに！

純愛などといって誰が納得しよう。あの娘にはとうに決まった許婚がいるというのに。

「お帰りください。もううちの娘とは金輪際、絶縁をお願いします」

彦乃とは継子の母がたまきを玄関まで送り出した。

たまきは玄関を出ると、ニヤリとほくそえんだ。たまきの本意は〝父親の逆鱗に触れ、二人を引き離すこと〟にあったのだ。

一週間ほど前にたまきが、夢二にやけに明るく話しかけてきた。

「ねえ、そうだわ。彦乃さんをお嫁さんに貰いましょうよ。あなたの芸術のためには彦乃さんのような人が必要なんですよ。ね、それで、みんなで暮らしましょう、一緒に」

この時は開いた口がふさがらなかった。背筋に悪寒が走った。本当に狂ってしまったのだろうか、この女は。

その時、もしかしたら、彼女は本気でそう考えたのかもしれない。混乱した思考で自分かわいさのあまりに、捨てられないようにするためには彼女を認めるしかないと浅はかに考えたのかもしれない。

三人目の子供を生んだ自分の肉体に見切りをつけた女は、子供によっても男の心が引き止められないことを悟ると、次には自分の身代わりになる若い女の肉体を差し出す。それで男と自分の立場を確保できるなら。

自分かわいさ彦乃憎さのあまりにめぐりめぐった邪悪な思考は、ライバルを最悪の形で辱《はずかし》め、貶《おとし》めることに成功したともいえよう。

夢二はもうどんなにしてもたまきには同情さえも抱けなくなった。ただ、これ以上、彼女を醜悪にし、世間に知らしめることはできないと思った。

◇

「別れるなら手切れ金をたんまりとおくれ」

たまきは悪態をつく。かと思えば、

「誰かに嫁ぎたいなんて嘘だわよ。私にはあなたしかいません。わかっているじゃないの。みんなで楽しく暮らしましょう、ね」

と、猫なで声で哀願する。

夢二はほとほと神経が磨耗してしまった。

彦乃は父親によって監禁状態のままだ。もう二度と夢二と逢えることはないと、日々、泣き暮らしていた。連絡手段は手紙しかない。その手紙も女性文字の細工をし、封筒もかわいらしい花模様を選んで、記名は「川」であった。一方、彦乃は「山」という暗号だった。二人は「山」と「川」として、何通かの手紙をやり取りした。内容も万が一、覗き見られてもかまわないように、二人しかわからない書き方を慎重に選んだ。そうでもしなければ、二人はいてもたってもいられなかった。

たまきとの冷静な話し合いはなかなか難しかった。思えば、この元妻も哀れなものだ。自分から破滅へと突き進み、その責任が取れずに、悪い方へとばかり流れてしまっている。精神を病んでしまいそうだ。

「あなたなんかいらない。私は子供と一緒に暮らします」

夢二に手当たりしだいに物をぶつけながらたまきは泣き崩れた。もう、これが限界だった。


夢二は一人、京都に旅立った。大正六年十一月。

夢二に京都行きを勧めたのはたいへん信頼のおける守屋東《もりやあずま》だった。守屋は憔悴してゆく二人の姿を心配し、

「夢さんも奥さんも、一緒にいるとどんどんおかしくなってしまう。もう修復不可能なのだから、それならばいっそ縁を切ってしまう方が良いでしょう。あなたがいなくなればたまきさんも再婚できるでしょうし」

そして、こうつけ加えた。

「彦乃さんとも……遠ざかれば忘れることもできよう……」

「うん……それがいい」

夢二はがっくりとうなだれた。

これは今までのように単なる放浪の旅ではない。まとまった金銭と、喫茶店の権利をたまきに譲って、自分の身の回りの道具を運んでの決意だった。

夢二が去ってから、たまきはその事実を知り、愕然となった。


一人で過ごす晩秋は哀しかった。一人ぽっちの月日は陰鬱だった。生命力さえ衰えて、

京都の街を楽しむことなどとてもできない仮住まいの日々だった。

だが、どこかで心がすがすがしさを感じていることも否定できない。すべてのわずらわしさから逃れ、自由を謳歌する。そんな自分に対して、後ろめたさを感じながらも、〝忘れる日々〟を努力した。

孤独と貧しさは背負ったままだったが、誰にも気兼ねなく京都、奈良の神社仏閣を始め、竹やぶや松林を気のままに歩き、写生し、暮れには生まれ故郷の瀬戸内海沿いを訪れたりした。まさに転機を得た命の洗濯になったのかもしれないと思った。

ところが、床の中に入ると、寝つけない毎日が続く。忘れようとすればするほど、彦乃の笑顔が浮かぶし、不二彦の泣き顔を夢に見る。時どき、外から聞こえる赤ん坊の泣き声に胸がズキリとする。あの不幸な運命の草一も来月には一歳になるのではないか。

そんなことの繰り返しの日々の中、突然に電報が届く。

それは画家であり、師と仰いだ岡田三郎之助からのものだった。読んで愕然となった。

夢二が姿を消してからというもの、「捨てられた」と悟り血迷ったたまきは、赤ん坊を背負い、不二彦の手を引いて、知人宅に手当たりしだいに夢二の居場所を聞いてまわった。喫茶店はほとんど開店することがなかった。

誰一人として、たまきに夢二の京都行きを教えてくれるものはなく、子供を抱えて途方に暮れるのだった。

そして、ついに……。

【タマキニゲタ　チコハソチラヘオクル　ソウイチハタヘクレテヤル】

と、電報が届いたわけである。

たまきは子供を置き去りにしてどこかへ逃走してしまったというのだ。

彼女の身を案じていてくれた岡田夫人が家に訪ねていくと、中から、火のついたような子供の泣き声がする。

「どうしたの？　たまきさん?!」

だが、そこにはたまきの姿はなく、目に入ったのは閑散とした部屋の中の悲惨な子供たちの姿だった。

不二彦は赤ん坊をおぶわされて、泣きじゃくっていた。柱にもたれて座っているのだとばかり思ったらよく見ると、帯紐がそのまま柱にくくりつけられて、身動きがとれない状態のままだった。

「まぁ、チコちゃん！　かわいそうに！　なんてこと！」

岡田夫人は涙と鼻水で汚れきった顔の不二彦の身体を縛りつけている紐を解き、一緒にサイレンのように泣いている赤ん坊を背中から下ろしてあげた。いったいどれくらいその格好のまま泣いていたのだろう、この小さな二人は……。かつて、こんなに悲惨で絶望的な子供の顔を見たことがなかったと夫人が嘆いたほどに。赤ん坊のオシメはすでにぐっしょり濡れそぼって、不二彦の着物の背中を汚していた。

不二彦の手には封筒が握り締められていた。クシャクシャになったその封筒には便箋が一枚。

【コノコヲタノム】

とだけ、たまきの稚拙な文字が書かれていた。二人は完全な捨て子だった。

その話を聞いただけで、夢二は心が引き裂かれるようだった。すぐに不二彦を引き取るための手はずを整えた。今だ知人宅に居候していた夢二だったが、年末に、不二彦が知人の村瀬につき添われて、夢二のもとにやってきた。

ずいぶんと長い旅だったことだろう。そして、最後に逢ったときから、この子はどんなに哀しい夜を過ごしたことだろう……そう思うと不憫でならず、姿を見るなり涙が滲《にじ》んだ。

「パパさん、どこに行ってたの？」

不二彦も泣きじゃくった。

「かあちゃんがいなくなったよ」

言葉がなかった。

「かあちゃんね、ぼくを縛って出ていっちゃったの。どこに行ったの？　パパさん、知らない？」

「かあちゃんはもう帰らないよ、チコ」

「どうして？」

「もっと大きくなったら教えてあげるね」

「どうして？」

「でも、縛っていったからと、かあちゃんを恨んではならないよ」

「どうして？」

「かあちゃんはチコのことがかわいいから、縛っていったんだから」

「どうして？」

「縛っていかないと、チコがお外に出て人にさらわれたり、危ない目にあったらいけないと思ったんだよ、きっと」

「ふうん、そうなの？」

「ああ、きっとそうだ」

夢二は自分にも言い聞かせた。人々は口々に「奥さんは狂ってしまった」「ひどい母親だ」「鬼母だ」とたまきを責めることを言う。だが、夢二は自分の負い目もあるとは思うが、彼女を責める気持ちより、あまりに哀しい家族の有り様に悲嘆するのみだ。

あまりに救われないその行為に、最後の愛の破片を見つけようとすれば、きっと、不二彦が母を捜して外に飛び出て迷子になったり、赤ん坊が這いずって怪我をしないように、動けないように二人を柱に縛りつけた……そう思うしかなかった。いや、きっとそうに違いないのだ。

そこまで追い込んだのは自分の責任だということもわかっていた。どこへ懺悔したらよいのか。

その後、不二彦は疲れが出たのか熱を出し、寝込んでしまった。夢二は暮れまで看病しながらずっと不二彦についていた。捨てられた子供は、少しでも父が自分から離れると不安がるようになった。以前にも増して。

三男の草一はまだ物心つかない赤ん坊だから、里子に出すなら今が一番良いと、守屋が良い養子縁組を取り持ってくれた。もちろん、その方が子供の幸せであるに違いない。

不二彦が熱の下がった夜、

「かあちゃんとずっと歩いたの。電車の走るところ」

と、最後に過ごした母との思い出を語った。

「線路かい？」

「そう、線路を歩いたの。かあちゃんと草ちゃんとぼくとで」

「線路の上を歩いたの？」

「そうだよ。でもね、あんまり長く歩いたから疲れちゃったの、ぼく。その間にいくつも電車が通り過ぎて怖かったなぁ」

「それで、どこに行ったの？」

「かあちゃんが一緒にゴクラクに行こうって」

「！」

夢二は一瞬、呼吸が止まった。

「ねえ、ゴクラクってなあに？」

五歳の不二彦には極楽の意味はわからなかった。

「大人になったら教えてあげるね」

夢二は涙を隠し、不二彦の小さな身体をきつく抱きしめた。

不二彦の身体は幾分か痩せて骨ばっていた。

ああ、なんという哀しみなのだ！

◇

ついに新年の四日目には、彦乃恋しさに、たまりかねて旅に出る。盆地の京都はあまりに寒く、初詣の賑わいにかえってわが身の淋しさを思い知らされる。夢二は東へ向かった。

それ以前に彦乃に恋文を書いていた。

別れるつもりで来た京都なのだが、やはりどうしても彼女が忘れられない。彼女と寄り添えないのなら、もう生きている意味もない。


――これまで私は切なる恋慕の情を、あなたの天分を惜しむゆえに書いた。またあなたが私を得たためにあなたの芸術が光ってくるであろう。そしてそれがまた私の力でもあると書きました。そして私はあなたを切愛しているとも書きました。それからもう長い時間は、私の恋慕の情をして切実に、たいへん官能的なものにして来ました。それを切に感じます。……しかし、こんなときに思うのはやはりあなたのことです。思い深い眸《ひとみ》です。

たの肉体です。
襟足《えりあし》のほくろです。やわらかい肌です。白い脚です。若い果実のさわやかさを持ったあな

京都に来てから、彦乃の父親の猛反対を受けたこともあり、また、周囲には夢二の消息を不明にしておきたかったため、「山と川」の手紙のやりとりも難しく、彼女の琴のお師匠さんを介しての文通になっていた。

熱い恋文を受けとった彦乃も同じ気持ちに違いなかった。逢いたい、ただそれだけは一緒だったろう。

しかし、夢二は別の本心を隠したままだった。彦乃から「行けるかもしれない、きっと行きます」と連絡を受けた時、すでに、それは決意された計画だったのだから。

夢二は旅の途中、彦乃と落ち合う前に友人の守屋宛てにこれが最後になる手紙を宿から送っていた。

――古い文句ですが、この世でもうお目にかかることもありません。……笠井と私がどんなに愛し合っていたかは、あなたは知ってくださると思います。実は笠井としめしあって、ここで落ち合うことには、やっと四、五日まえ計画したのです。むろん私はここで死ぬことなど、まだ、一口も笠井に話してありません。なんにも知らないあの子は、お正月に年まいりをする江戸の娘のようにこの旅行を楽しんで、「どんな髪にあげてゆきましょ

うね、きっときっと知らしてちょうだい」と手紙に書いて来ました。……それなのに私が死ぬことを打ち明けたら、どんなにおどろくでしょう。……まあ世間一般のゆきかただと、娘がくるのを待って、いっしょに死ぬのでしょうが、その方法は、私にはもうおもしろくないのです……

夢二は死ぬのを覚悟だった。死出の旅の想い出に、最後を愛する女と過ごすのが目的だったのだ。だからこそ、何度も不二彦を連れて行こうと思いながらやめた。この子を旅先に一人残せるはずもない。

いずれにしても勝手なことだが、許してくれ……と、寝顔に最後の挨拶をして出て来た。彦乃とは修善寺の温泉街で落ち合う約束だ。京都から列車で向かう。沼津の駅で駅長室に駅留めの電報が来ているはずだ。

【ニサンニチノビマス】

彦乃も必死の外出なのだ。いたしかたない。

だが、この二、三日の長きこと。飯は喉を通らない。テニスをしてみるがのらない。第一、死ぬ気の人間がテニスなのかと、自己嫌悪になる。出歩きたくもない。眠れない。誰かが殺しにきてくれたら良いのに……などとさらに自暴自棄になる。電報が届かない。

友人宛てや京都宛ての遺書を書く。不二彦の今後などを頼む。さらに旅館の主人へ自分の死骸についてのお願いとお詫びを書く。馬鹿げた時間つぶしだった。

【ハルノユキマダトケヌカ】
と、含まれた意味の電報を打ち、待つ。四日後の朝、
【アサ十ジニミシマヘツク】
と、彦乃からの吉報が寄せられる。これほど、幸福感に満ちたことがあっただろうか。死ぬというのに……。

東京から山の春が来た。抱きしめたいが、人目を憚《はばか》った。接吻したいが、欲望を抑えた。

「しの……」

彦乃は最後まで俺のしのだった。

二人は積もり積もった話や、どんなに寄り添っても癒せないほどの欲望や、どれだけ逢いたかったかの気持ちを確かめ合いたいのだが、宿に着くまでは寡黙なままで歩き続けた。

家族風呂の温泉をたててもらって、二人で入ることになった。彦乃は恥じらい、遠慮するのかと思ったが、「入りましょう」と彼女の方から誘われた。少女はすっかり女になっていた。

手ぬぐいで前を隠し恥じらいながら先に入っている彦乃の後から、素っ裸で入っていくと、

「裸体になると立派ね。絵のモデルにおなりなさいな」

と、かわいいジョークを言う。

「良いだろう」

と、自慢げに肩を張り、胸を撫でてポーズをとる夢二。二人は久しぶりに楽しく笑い合った。

家族風呂は狭く、二人が湯につかると身体が触れ合った。もう、すでに、夢二の肉体の中心は燃え盛っていた。

「あなた、私に逢ったらいじめてやろうって思っていたのでしょ？」

「そうだ、いじめてやるさ」

「いいわ、存分にいじめてちょうだい」

なんという淫靡《いんび》な台詞を言う娘になったのだ。あの固く熟れていない水蜜桃のようだったあの娘が、こんな艶っぽい眼をして。

抱きしめた。この月日の分、引き離された時間の分、きつく激しく抱きしめ、長時間の口づけを交わした。

小さな彦乃の身体を抱いて、しゃがんでいる自分の膝の上に座らせた。

「あら、怒ってるわ。もう、こんなに」

「怒ってるさ、ずいぶんと逢わせてくれなかったんだからね。怒りっぱなしだよ」

「まぁ、いやね」

「おまえのは泣いてるんじゃないかい？」

「……そんなこと言っちゃ恥ずかしい」

湯の中で片手で乳首を弄《もてあそ》びながら、片手で彦乃の秘部をまさぐった。

「ほら、やはり。こんなに泣いているよ」

湯の中でもとろりとした熱い液体が確認できた。

「あ……ああ、そうよ、ずっと、ずっと、泣き通しだったのよ、せ、先生……」

そう言いながら、女は自分から固くなったものを握って、滑らかになった秘部へと導いた。

お湯の中では出し入れするたびに少し軋むが、それでも、あっという間に昇天しそうになる。

もったいない気がした夢二はいたたまれなくなり、そのまま彦乃を抱き上げて、すばやく身体を拭き、床へと運んだ。

二人は何度も悦楽の絶頂へと上り詰めた。もう、二人を阻《はば》むものはここには何もなかった。引き離すことができるはずがない、肉は溶け合い、ひとつに重なり合った生き物と化していた。

こんなに愛しく、こんなに美しく、こんなに快いのに、なぜ、死ななければならないのだろう。

夢二は誰も殺さず、自分をも殺しはしなかった。ただ、重なり合うことだけが、生きている証になった刹那の逢瀬だった。そして、彦乃には自分が決意していたことさえ、まったく話さなかった。

そして、また、このロマンチストのペシミストは生き延びてしまった。

「親父さんは酷いのかい？」

「ええ、もうたいへんなの。彦乃が死んだら、俺も死ぬと言って泣くの。それなのに、お母様に対して『おまえが死んでも知らん』などと言う始末だから、私も板ばさみで苦しい」

「娘かわいさに狂っているなぁ。まるで自分の所有物だ」

「ええ、もう……今日も、もしかしたら尾行されているのじゃないかと、何度も何度も後ろを振り向きながら、三島に着いても周りを見回しながら来たの」

「悪霊に取りつかれたようだね」

「あんなに父が執念深い人だなんて……」

「今度、いつ逢えるのだろう……」

「もう、東京の近くはいや。気が気じゃないの。今度は私が京都へ行くわ」

「どうやって？」

「私には計画があるの。私はどうしたって家を出るわ。出なきゃならないの。絵も描けないのよ。チコさんにも逢いたい」

「来てくれるというのだね？」

「ええ、先生は京都に家を持ってね。家族で住める家を」

ここ数ヵ月、腐りきっていた夢二と違い、彦乃は生命力に溢れていた。このやさしい娘は、愛のためにできることを考えるのを生きがいにし、さらに熱い血潮を漲《みなぎ》らせていた。

夢二は自分の迷いを恥じた。そして、自分はこの娘の存在に生かしてもらっているのだなぁと、再確認した。

「しの、ありがとう」

「なあに？　お礼を言われて。私何かしました？」

「いや、君がいるだけで、天にありがとう……なのだよ」

旅の最後の抱擁を交わして二人は希望を抱えたまま別れた。

白玉のうれわしき子を抱きたればわっと哀しくなりにけるかも

第三章　運命の行方

三月、春爛漫。京都市の高台寺南門の鳥居わきに一軒家を借りることができた。大きくはないが、窓からは八坂神社の塔の見えるロケーションの良い二階建ての家だった。

京都の住まいでは、友人に紹介してもらった家政婦が住み込みで世話をしてくれることになり、父子はようやく温かい釜の飯を食べることができるようになった。

引越しして早速仕事に励んだ。三日間で大色紙二十九枚仕上げる。やる気がどこから湧いてくるのか、目の前の道が明るい。

外は雪だ。盆地の京都の冬の寒さは尋常ではない。不二彦はこちらへ来てから調子が悪く、夜はうなされて眠れない。

「大人は食べたくなるとお菓子の代わりにタバコを吸うんだね。ぼくはお菓子の方がいいや」

と、いじらしいことを言う。これからは眠るまでずっと、パパさんが抱いていてあげよう。こんな幼子がうなされるという哀しみ。眠ると誰もいなくなってしまう、その恐怖から逃れられないのだろう。不憫だ。

彦乃から手紙が届く。

――川さまへ……苦しくてしかたがないほどなやんでいました。いつか申し上げられる時に逢いましたらきいていただいてそうして是非おおしえ下さいませ。このさきそのことがどうなってゆくかと思うともう泣き出してしまいたくなります。

彦乃は婚約者との結婚の話が強引に進められていた。夢二は心配のあまりに東京へ向かったり、手紙を何度もやり取りした。京都へ行く計画に焦っている様子で、時間をかけてじっくりとしなければならないように慰めた。

「もう絵描きなんかになりたくない。あなたといられたら良い」

というが、それは感傷というものだと諌《いさ》めると、

「ええ、今度は平安朝のものを描きたいの」

と、いつもの前向きな彼女に戻った。夢二も彦乃も、恋以外には、描くこと、描けることが生きる目的なのだ。存在意義、〝レゾンデートル〟なのだ。

夢二の色紙は、プロデュースした四条倶楽部での展覧会で完売し、すべて赤紙がつけられていた。連れて行った不二彦は
「パパさん、うまいね。すごいね」

と、褒めてくれた。最近では誰からの賛辞より素直に嬉しく受け止めた。

そして、家に帰ると、すぐに紙と絵の具で絵を描き出す不二彦。

「ね、パパさん、ぼくの絵も売ってくれない？」

と、目を輝かせた。

仕事に勢いがつくと、モデルを探して絵を描きたくなる。京都のお茶屋には夢二好みの美人が「私を描いて」と待っている。それだけではない。彼は男盛りだ。待てど来ない良

人を待ちわびて、女の匂いがたまらなく恋しい夜もある。どうしようもなく虫が騒ぐ。

そんな日は一人、家を出る。

その夜、煩悩《ぼんのう》をいくらか抑えて帰宅すると、不二彦が寝言を言って起きた。

「かあちゃん、どこ？　どこ？」

と、泣いている。

「夢を見たのかい？」

「ううん……」

「じゃあ、寝ようね」

「パパさん、どこへ行ったの？」

と聞くので、

「世の中へ行ったのだよ」

と、答える。

「ヨノナカって何？」

「パパさんは世の中へ行かなくてはならないが、子供は行かないものだよ」

「ふうん。じゃ、大人になったら一緒に連れて行ってね」

「よし、よし」

なだめて寝かしつけた。

次の朝、目が覚めると母がいないことを認識している不二彦は、もう何も言わなかった。

だが、不二彦は、部屋に置いておいたはずの人形を大事そうに抱いて朝食を食べていた。そのわけは聞かない。夢二にはそれが痛いほどわかったからだ。

この人形は京都へ連れて来られたときに抱きしめていたものだった。

「それをどうしたの？」

と聞くと、

「これはかあちゃんが買ってくれたの。かあちゃんがいなくなったらこれをかあちゃんだと思えって言ったよ」

と、話した。

そのとき、受け取った人形から小さな紙片が落ちたので、開いて読んだ。

【竹久家のために今日から昇天します。子供たちのためにこの人形を記念におくる。たまき】

と、彼女の筆跡で書かれていた。

彼女が死んではいないことを知っていたので、それは破り捨ててしまった。なんという身勝手な母、身勝手な父なのだ。私たち二人は……夢二は空しくて情けなかった。

それでも、人形を母と慕い、胸に抱くわが子。願わくば離散してしまった子供たちよ、幸いあれ。

それからしばらくは、不二彦は人形を抱いて寝た。夜、便所に行くときも、それを抱かせてやれば一人でも怖くなくなった。

不二彦はどうも調子が悪い。腹痛や頭痛を訴える。微熱も出るのだが、あるいは、仮病なのかもしれないとさえ思う。いや、病は気からの仮の病だ。

病気で具合が悪いと、この愚父でもずっと看病して手厚くしてくれる。「パンとジャムが食べたい」「ミカンが食べたい」と言えば、すぐに買いに行ってくれる。

買い物に行って帰ってくると、カーテンの後ろに隠れて泣いている。

「パパさん、遅すぎる」

と、甘える。

あっちが痛い、こっちが痛いと訴えれば、いつまでも体をさすってくれる。チコだけのパパさんで、世の中に出かけて行かない。

こうして甘えていたいかぎり、いつまでも不二彦の病は治らない。陰気な空気が家に充満したまま、夢二の体調も悪くなる。

そんなことを繰り返していると、ふと、たまきの存在を思う。そして、少しセンチメンタルな気分になった夢二が、人形を抱いて眠る子供に「チコは誰と寝ているんだい？」と聞くと、「一人」と答えた。

すっかり「かあちゃん」と答えるかと思い込んでいた夢二は「今、抱いているのは誰？」とも聞いてみた。すると、「人形」と現実的な答えが返ってきた。

少しずつ、子供は成長していくものだ。近頃では、朝は父より先に目覚め、自分で肌着やモモヒキまではいて、着物の帯を結んで身支度して新聞を取りに行ってくれる。

「手紙はないよ」

と、言う。夢二がいかに手紙を待ち望んでいるのか、この小さい男の子にもお見通しなのだった。

しのよ……手紙も着かない。いつまでも、いつまでも、このまま逢えないというのなら、私はまた「世の中」に出向かなくてはもたなくなる。

しかし、世の中は、以前のように楽しくもなく、魅力もない。ただ、欲望の捌《は》け口がそこに暗い穴を開けて待っているだけなのだから。世の中から帰って、清い不二彦の寝顔を見ると、後悔に気が落ち込む。

◇

京都ではどこにでもモデルが存在する。見回せば、舞妓や芸者が「私を描いて」と誘ってくる。

「世の中」にも麗《うるわ》しい女たちがいる。彦乃が来てくれない以上、夢二は彼女らからインスピレーションを受け、制作をしなければならない。また、それらの絵はとても売れ行きが良い。

ある日友人の画家、野長瀬晩花《のながせばんか》と連れがやってきて、一緒に島原の太夫《たゆう》の道中を見に行き、スケッチをしてきた。

三人でそのスケッチをもとに絵巻風の作品を作ろうという話になり、その夜、遅くまでかかって制作に励んでいた。

その後、三人は「女をもっと見に行こう」と八坂の塔の横を下り、鴨川の見える四条通から五条の橋までの間にある宮川町という廓街《びょうがい》までやってきた。

そこは、祇園の華やかさに比べて隠微で庶民的なところだ。

呼び込みも少し妖しい陰を持っている。ちょっとした御茶屋風情のある店の軒先で「入りなはれ、あがっていきなはれ、いい子がおりますさかいに」と老婆に呼び止められて三人はふらふらとそこの暖簾《のれん》を押した。

あまり上等な女を期待してはいなかったが、来たのは案の定、安物の香水の匂いが鼻につく、厚化粧の遊女たちだった。彼女らは芸者ではなく、娼妓《しょうぎ》と呼ばれる女たちだ。

通常、夢二は自分の好み以外の女性が目の前にくると、いつものだんまりを決めて、まったく話がはずまない。野長瀬はその時も、「これはまずいだろう」と想像をしていたのだが、ところが、夢二は意外にも自分から話かけていった。

「君、その半襟は、どこのものだい？」

一人の女の襟もとを指差して話す。

「ええでっしゃろ？　これは、えろうはやりもんどすえ。東京の港屋はんいうてな」

「やはりね！　実はそれは僕が作ったものなんだよ、いや、偶然だ」

それまで飲んでいた酒の勢いもあって、夢二はこの半襟との再会にたいへんに気をよくした。

すでに閉店して久しい店だったが、自分が描いた図案がこの京都の土地で見つかるとは、作品におけるこういう些細な出来事が創作の励みになるのだ。

その半襟は紺地に紅《あか》い毒茸の文様で、なぜだか、その娼妓にはイヤミなほどにお似合いだったのである。夢二は愉快だった。

だが、どんなに話が弾もうと、彼は彼女らと床をともにはしなかった。

彦乃……彦乃……山……しの……。京都の春の日々は彼女のことを思う毎日で明け暮れた。彼女と一緒に住むことなど、夢にすぎないと思いながらも、いずれ添いたいと願うばかりだった。

有名画家の夢二には好意をもって寄ってくる女性がいないわけではなかった。一人は紀州の女で、それは容姿だけではなく、心も夢二式美人には含まれなかった。

だが、以前の彼なら、これほどまでにアプローチをしかけられたら、情欲にまかせて一夜の繫がりを交わしたかもしれないが、彼はもう昔の彼とは違っていた。

「愛の幸福は純一に一人の心と肉とを愛することだ。ことに心と肉とに荒み果てたものにとっては、僕は僕の過去の愛の生活が純一でなかったために嘗《な》めた哀しい体験から、どんなにそれを望んでいるか、そして僕が今どんなにそうなりつつある幸福を人にも知らせたいと思っているだろう」

　そして、また、

「これを君に言うことを君に対する唯一の好意と思ってもらいたい。それは君が僕の熱心な読者であることに酬《むく》いる唯一の僕のできることだ。なお、何かを僕に望むなら、僕の絵を買ってくれ。そしてそれが今の君の境遇として、また僕のために一番適当な好意の表し方だ」

　と、夢二は言い寄る彼女にそう伝えた。そのように彦乃に忠義を誓う夢二だった。

　一方、彦乃の周辺も変化が起きてきていた。それは彼女が夢二との生活を望むがゆえに行っている父への裏切りの画策だった。彼女の母校女子美の先輩に栗原玉葉《ぎょくよう》という女流画家がいて、玉葉はすでに活躍している実力者だった。

　縁があって、彼女と彦乃は親交厚く、彼女の恋の悩みに一役買ってくれるという。玉葉のような信頼のある女性が、頑固な父親に、

「娘さんは絵描きとしてたいへん有望です。もっと修業をさせるために、京都へ出て先生につくべきです。私の知人の先生が是非にと引き受けてくださるそうです。これはチャンスです」

　と、説得し続けた。

　その先生とは確かに存在する寺崎広業《こうぎょう》という名のある画家なのだが、もちろん、そこへ本当に行くわけではない。実質上、先生は夢二なのだから。

しかし、父親はそんなことはまったく知らない。夢二が京都に引越ししたことすらも、知らない。

また、娘の才能をいちばん信じて女流画家にするのを夢見ていたのはこの父だった。勉強させることは本望だ。反対はしない。

そして、また、父は、大事な娘がこのまま東京にいて、またあの夢二とやらにちょっかいを出されてはたまらない、引き離すためにも修行に出させよう、とも逆に考えたのである。

着々と計画は進行していた。その間、ただただ待つことばかりの毎日に、妄執に囚われたような夢二に対して彦乃は慰めるように、諫めるように、冷静な手紙を書いた。


――川さまへ　そんなにだだをこねるものではありません。お父様よ。だって私だってはやく逢いたいではございませんか。追手のこないようにして置いてどんなにでもいぢめてね。それまでまかしてくださいね。くわしい事はお逢いしてお話いたします。途中までむかいに来て頂だい。信じてまかしてください。私の胸の中にあるんですから。今度だめなら、そんないくぢなしなら死んぢまいます。ききわけてね。　山より

彦乃は情熱的で無鉄砲なたまきとはことごとく違って、とても慎重で賢明な娘である。その冷静な態度が、夢二をさらに魅了した。自分はこんなにも苦しんで待っているのに、

彼女はつれない。なぜなのだ。

　頻繁に連絡がとれない月日は妄想と恋慕の応酬。男はこれほどの愛の切なさを味わうとは思いもしなかった。それが、かえって、夢二の絵世界を深くした。彼の絵には叙情と感傷、説明のできない思いが重なり合い、見るものの心を奪った。

◇

　京都に初夏の風が青葉の匂いを漂わせるころ、あの娘はやってきた。糸切り歯の見える愛くるしい笑顔のままで。

　アジサイは赤紫の色を増し、青臭い吐息を蒸せた路上に撒き散らす。女性たちは紗の着物に着替えようかと箪笥の中を整理し始める。

　そして、そんな季節の変わり目とともに、夢二の家には不動のはずだった山がやってきた。

【アスヨル十ジツクシダイ、ムカエニキテ】

　その電報が来たとき、夢二の浮かれようはなかった。彦乃のために、不二彦の手を引いて商店街へ買い物に出かけた。

　二人のお揃いの六兵衛の茶碗を揃え、夏らしいカーテンを選んだ。新しい布団を買い、こまごまとした彼女のための生活用品を両手に抱えながら、ふと、薬局で避妊具を手に入れようかと思い立ち、息子を連れていることで躊躇し断念した。

その後、風呂嫌いの夢二は珍しく迎えに行く前にいそいそと銭湯に行き、髭《ひげ》を剃って、まるで禊《みそぎ》をするかのようだった。

「これからはもう一緒にいられる」

待って待って待ち焦がれて、ようやく逢えた恋人だった。夢二はとにかく抱き締め合って「愛している」と百万べんも唱えたかった。

「ああ、逢いたかった」

夢二は最初に何を言おうかと、心待ちに彼女をプラットフォームで迎えた。彦乃は満面の笑みを浮かべて、

「チコさんはどうしてます?」

意外なことを聞いた。少し、夢二はムッとしたが、それでも、「これならうまくいってくれるな」と安堵もした。

「父がたいへんでした。京都まで送ってゆくときかないものだから、ずいぶん苦労したわ。断ってもついてきて、やっと静岡で勘弁してもらったの。でも、夜明けに逢坂山のトンネルを抜けて、知らない山を見たときには、一寸心細かったわ」

ああ、そんな話はもうどうでも良いというのだ。とにかく逢えたのだから、と夢二は美しい彦乃の手を握って放さなかった。

しかし、その夜、彦乃は引越しの疲れから、彼の激情には応えられなかった。

「もう眠るわ」

と、そっけなく自分の部屋へと向かった。

しかも、翌日は、京都に来た嬉しさから、つい一人で近辺の探索に出かけてしまったことに、夢二はすでに憤慨していた。

夢二は彼女のことを思い、とにかく泣いた。泣いて涙も枯れ果てた。そんな自分と比較して彼女は逢ってから笑ってばかり。嬉しそうに幸福そうに笑っている。かわいい糸切り歯を見せて。それさえも夢二には気に入らなかった。

「俺は孤独だ。やはり女がきたのに孤独だ」

と、日記に書く。淋しくてたまらない。まったく予期しなかった感情だった。彦乃に逢ったのに、淋しいとは。

いったいどうしたことだろう。それは二日目の夜に爆発した。

「俺は、淋しいんだよ。そして、たった一人のおまえが、こんなにかわいいのだ」

彦乃はそのとき初めて、抑えていた感情を溢れる涙で表した。

「馬鹿ね。何が淋しいもんですか。二人はこうして暮らせるようになったのよ。もう、何も、何もいらないわ。ただ、ただ、幸せすぎて、そして、笑っていたいのよ。あなたの傍で笑っていたいのよ」

男はすっかり負けていた。十一も年若い女に、三十三にもなる名のある男が手玉に取られてもう虜だ。

しかし、この時女は男を抱きつつ思うだろう。

「男はみんなあまいのだ。こうして誰をでも征服できるのだ」

そう女に思わせることから、すべての男の悲劇は始まる。

この孤独にまけるな、この寂寞《じゃくまく》にまけるな。それにまけることは女にまけることなのだ。

昔から、有史以来の男が感じたすべての孤独と不安と寂寥のために、心を抱いて泣いた。

夢二はメランコリックな恋する男だった。


相倚《よ》れどなおうれしさのきわまりで泣かまほしさを何というらむ

抱いてくれ。温めてくれ。愛してくれ。褒めてくれ。慰めてくれ。話してくれ。愛していると言ってくれ……。彦乃、俺の彦乃。

猫のようにゴロゴロと喉を鳴らして擦り寄ってくるのが女だと思っていた男は、実は猫が自分をすべて投げ出さずに、時に冷たい態度を取ることがいかに猫の存在を大きくしているのか、その手管《てくだ》を知らない。

夢二はついに高貴な猫を飼ったかのような気がした。その猫はいつも笑っていてくれる。激しい感情で自分を困らせたりしないぶん、のどかな日々を与えてくれる。

才華爛発《さいからんぱつ》。奇知縦横。諧謔《かいぎゃく》自在。野暮ではないのに、のどかにすこし間のびした女……それが彦乃であり、それが誠心誠意愛すべき存在だった。もう彼女のほかに女性は存在しなかった。

夢二にとって、彦乃以外の女性はただ同種の人間でしかなくなっていた。世界に女性はあの娘一人だけ。

「そうさ、君が蓮っ葉娘であったならよかったのかもしれない」

夢二はつぶやいた。

「蓮っ葉娘のつもりでおもちゃにしていればよいじゃないの」

彦乃は男の束縛と嫉妬に少しくたびれていた。

「そうできた方が幸福なんだけれど、あんまりにも惚れすぎた」

愛の日々。

◇

父の家をのがれて遠く来つる子はわが小夜にやすく眠れる

時は大正二年にさかのぼるが、夢二の絵入小唄集の『どんたく』が発行されて評判になり、そこに載せた一編の詩『宵待草』が特に注目を浴びた。

それに感動した作曲家・多忠亮《おおのただすけ》は、その短い詩に曲をつけた。彼は雅楽の家に生まれながらヴァイオリンの道に進んだ人で、有名な楽団、榊原《さかきばら》トリオのヴァイオリニストをしていた。

彼から、自作の譜面が夢二のもとに送られてきたのは、彦乃との京都の家だった。その家の前に今日は別の青年たちがいる。

「おい、見ろよ。この家の表札！」

一人の青年が二年坂の家を指差して大声を張り上げた。

「竹久夢二……まさか、あの夢二がここに？」

同行の四、五人の青年たちがざわめいた。彼らが円山公園へ抜け出ようと高台寺を歩いていたその時だった。

「僕は夢二先生の東京のアトリエで絵を学んでいたことがあったんだ」

と、オペラ歌手にならんとしていた内山惣十郎がそう言いながら、木の門をくぐって玄関まで向かった。全員、ためらいながらも、後ろをついていく。

「門前払いをくわないか？」

「あの有名な画家だぜ」

「ご迷惑ではないだろうか」

と心配そうな友人に、内山は、

「夢二先生はそれは気さくな気取らない人なんだよ。笑って迎えてくれるさ」

と、胸を張って玄関を開けた。

中からはたいへん若く清楚な女性が顔を出した。内山は、たまきとも懇意であったので、少したじろいだが、二人が別れたことは風の噂で知っていたので、

「奥様ですか？」と、聞いてみた。

彦乃ははにかみながら、「ええ」と答えた。

「誰だい？　しの」

と、夢二が出て来た。すぐに、内山に気づき、大げさなくらいの歓待の挨拶をしてくれ、

「素晴らしい景色ですね。八坂の塔を毎日見ながら絵をお描きになられるとは、うらやましい」

内山は友人たちに向かい、「な、良い人だろう」と、こっそり笑った。

と、二階のアトリエで彼らは夢二と積もる話をした。夢二も旧知の人間に逢えることを喜んだ。なにしろ、京都に来てからは不二彦と二人きり、貧しさと病気で落ち込んでばかりいたのが長く、つい、東京を思うことが多かったものだから。東京の風を運んできた生き生きとした若者たちとの希望のある会話が弾んだ。そして、今、取りかかっている展覧会のこと、彼らの行うオペラの発表会のことなど話した。

「そうだ、君たちは読めるだろう」

と、夢二は何やら思い出したように、引き出しから出してきた。それは楽譜だった。

「僕の『宵待草』という短い詩に多という人が曲を書いてくれたのだよ。しかし、僕は楽

譜がさっぱりでね。残念ながらどんな曲かわからないんだな。どうだい、ひとつ、歌って聞かせてくれないか」

その楽譜を受け取った小島という青年は手にしてすぐに、譜面に目をやりながら

♪　待てど　暮らせど　来ぬ　人を……
　　宵待草の　やるせなさ
　　今宵は　月も　出ぬそうな……

と、歌ってみた。夢二はじっと、目を瞑《つむ》って聴き入っていた。

「ほう、なかなか良い曲だねぇ」

「ええ、とても良いですよ、先生」

「先生、どうか、この曲、僕らの舞台で歌わせてくれませんか」

「いや、それはありがたい。僕の詩を舞台で歌ってもらえるなら光栄だよ」

彼らは素晴らしい新たな展開に心を震わせた。

その後、浅草の舞台で彼らは約束を果たした。それが大反響を呼び、若者たちの間で流行歌となった。これによって、夢二は作詞家としても成功を収め、また、彼の詩はそれまで以上に有名になる。

これを機に、セノオ楽譜からこの曲が出版された。全国津々浦々でたいへんな人気を得

た。

もとはといえば、明治四十四年に夢二が片想いをしたおしまさんを待ったときに作った詩であった。

それが八年もの歳月を経て、短い詩に直された後に、曲がつき、これほどまでの流行歌になった。

大正二年に夢二の恩師である文学者、島村抱月《ほうげつ》によって興された芸術座は、大正六年の十月にトルストイ原作の『生ける屍《しかばね》』を上演した。この時、主役が松井須磨子であった。

夢二は彦乃を連れて、大阪の弁天座でこの公演を見た。その時、須磨子がこれを舞台で歌ったことに、二人は感激し、彦乃は涙を流して聴き入った。もちろん、おしまさんとの純愛のことなど知らない彼女はきっと、自分をずっと待ち続けてくれた夢二の思いを重ねてその歌詞に浸ったのだろう。

◇

不二彦は虚弱体質だった。特に京都に来てから熱を出すことが多く、また、梅雨時に入り、お腹の調子をくずしていた。病人でなくとも、この盆地特有の夏の蒸し暑さは耐えられないものだった。

「温泉へでも行って、家族で療養をしようじゃないかい」

「あらまぁ、家族って……」

「三人に決まっているだろう」

彦乃はそれを聞くと、満足そうに微笑んだ。

「でもね、どうしてもママとは呼んでくれないみたいね」

「君はどう見てもおねえちゃんだものね」

「私はすっかりお母さんのつもりなのよ。切ないわ」

「じきに慣れるさ」

「そうかしら、そうよね」

「温泉、加賀にでも行ってみようかい？」

「どこでも良いわ。チコさんの身体に効くところなら、どこへでも」

「僕は次期個展のためのスケッチをしたいのさ。君ももちろん、描くのだよ」

「嬉しいわ」

八月、本格的な夏の到来に背中を押されて、三人は初めての金沢旅行に出かけて行った。

金沢では九月の中旬に個展を予定していた。

九頭竜《くずりゅう》川河口の三国港（現福井港）で、珍しいものを売っていた。アイスクリームだ。

「パパさん、食べたいよ」

と、この旅行によって元気になっていた不二彦が、必死にせがむ。

「あらまぁ、ダメですよ。ぽんぽんがまた痛くなっちゃったら……」

母親気分の彦乃は心から心配してそう言ってしまったが、あまりに悲しげな顔をする不二彦の態度に胸が痛み、遠慮がちに口を閉じた。

「ここのところ元気だし、よし、食べてみようか」

なにしろ甘い父親の夢二はせがまれると何でも与えてしまう。そして、三人は熱い日差しの中、冷たくとろけるアイスクリームを堪能した。

悲劇にも、彦乃の危惧は当たってしまった。

「痛い、痛いよう……」

その夜、不二彦だけが下痢と腹痛で倒れてしまった。

幾日も治らず、いっこうによくならないので、不二彦は金沢の病院へ運ばれた。今回は、今までの気の病がもたらすものではない。本格的に酷い食あたりだった。

「私は何ともないのに……なんでチコさんだけ」

彦乃はあの時、もっと強引に引き止めていたら……。本当の母であれば、叱ってでも食べさせなかったに違いないと自分を責めた。

激烈な下痢によるひどい脱水症状だった。両目がすっかり落ち窪んで、黒ずんでいる。そのために眼孔が大きな穴のように見える。ぽっちゃりと丸い子供らしい頬も削《そ》げて顎の線が出ている。

「パパ……パパさん……」

はぁはぁと苦しそうな息をして、不二彦が朦朧《もうろう》とした意識のままで空中へ手を伸ばす。

その手を握り、

「何だい？　どうしたんだい？」

と夢二は聞く。

「たす……けて……」

と喘ぐ。どうすることもできない。非力な父だった。

彦乃と夢二は交代でつきっきりで看病をしていた。そうこうしているうちに、金谷館を借りての展覧会の日が近づく。この『夢二抒情小品展』では、夢二によって雅号を〝山路しの〟と名づけられた彦乃のデビューも含まれていたのだ。彼女は自分の日本画作品数点をそれに出品することになっていた。

だが、彦乃は自分のことより、展覧会より、子供のことだけが心配で眠るのもままならない。作品はすでに仕上がったもので制作は必要ないとはいえ、画家が初めての展示を気にしないわけがないのだが、彼女はそれを忘れ、寝食さえ忘れ看病したのである。

不二彦は白湯《さゆ》を飲んでももどし、黒いものを吐く。医者によると、それは胃壁が破れた血の塊なのだそうだ。恐ろしい。そこまで重病になっていたとは。そんな不二彦の身体をずっとさすっていた彦乃だった。

「かあちゃん……」

不二彦がうわごとを言った。

彦乃はわが身が憎かった。子供を身篭ったことのない若い肉体が、この時ばかりは憎かった。この苦しんでいる子を生んであげたのが、私でないことが、悔しかった。

「かあちゃんは、ここにいるわよ。チコさん、安心して」

彦乃は小さな枯れた手を握り、涙に濡れている頬に手を置いた。

「ちち……」

「え？　なあに？　何か欲しいの？」

「お乳、お乳」

「お乳？　お乳が飲みたいの？」

「かあちゃん、お乳ほしい……」

不二彦が喘ぐ。それを聞いたとたんに彦乃は病室を出て、看護師に消毒用エタノールを分けてもらってきた。

不二彦の布団脇に来たとたんに自分の着物の襟を両手で広げ、小さな膨らみを片方そこからのぞかせ、先端の桃色に艶めく小さな乳首を、エタノールを浸した脱脂綿でやさしくふき取った。

そして、その先端を中心に、身体ごと、不二彦の顔の上に移動させ、喘いでいる、不二彦の口にその小さい突起を含ませた。

不二彦は朦朧としているはずが、その固くなった乳首を口に咥えたとたんに、チュウチュウと音を立てて、赤ん坊のように吸いついた。

子供に乳を吸われたことのない彦乃の乳首は、その激しい吸引に痛烈な刺激を感じて「うう」と声を上げた。痛みは彼女の母性本能と同時に身体の芯を駆け巡り、そのうち麻痺していくようだった。

アーチを描いたような不自然な体勢で支えていた腕も痺れてきたが、取りつかれたように乳首を吸い続ける不二彦が愛しくてたまらず、彦乃の顔には満面の笑みが浮かんでいた。それはマリアの笑顔だった。

本来なら何と淫らな行為なのだろう。結婚前の二十歳そこそこの娘が、このようなことを……だが、彦乃はもうすでに、母体と化していたのだ。このやさしく純真な娘は聖母と化していたのだ。

不二彦はしばらくすると、安心しきったように、眠りについた。

展覧会の前日、不二彦は、ようやく笑顔を見せるまでに回復してきた。夢二がその朝、病室に入ると、なにやら彦乃と不二彦の親密度が増しているように感じた。

不二彦は「元気そうだ」と言われると、「もう平気」と言いながら床に立とうとする。ふらついて彦乃が身体を全身で受けとめたとき、彼女の顔は夢二が今までに見たことのない菩薩のような深い面持ちになっていた。

とにかく回復してきたことに安心し、翌日の展覧会は開催された。二日で入場者は千人を越えた。盛況な展覧会だった。

彦乃の絵も好評だったが、夢二式美人を期待してきた人々にはアカデミックすぎて、もうひとつ共感性に欠けていたようだ。二人展をするには、夢二の個性は強すぎるということなのだろう。彦乃はそれでも、大満足だった。

◇

ぼっちゃんのお体に効く良い温泉がありますよと、旅館の女将に教えられ、竹久一家は湯涌《ゆわく》温泉なる保養地まで向かった。そこは金沢の街から四、五里奥の薬王山麓にある温泉地である。

道中、崖が崩れたところの土の匂いをかぎ、侘しい稲作農家の風情を感じ、人里離れて三人は言葉少なに車に揺られていた。不二彦の状態はずいぶんと快復してきていた。

この旅で、彦乃は誰からも「奥様」と呼ばれた。もちろん否定せずにいたが、不二彦はどんなに甘えても「おねえちゃん」という呼び方を変えず、それを聞いた女中が訝しい顔をした。それでも、すでに三人は家族だった。

さびれた温泉旅館に到着したその夕、彦乃は初めて自分で丸髷を結ってみた。その姿は堂に入ったもので、すっかり奥様の様子だった。あまりに美しいので、夢二は筆を走らせた。まだ陽が沈まない。きれいに髷を結った彦乃は夢二と二人で記念写真を撮りたいという。

小さなカメラマン、不二彦の出番だった。

「ここを押すのだよ」

カメラを小さな手に渡し、二人は和室の外の縁にある柵に持たれた。この渓谷に囲まれた旅館の二階は、背景が夏の残りのまだ鬱蒼《うっそう》と茂った萌える緑だった。縁の柵に腰掛けて斜に構えてポーズをとった夢二の横にぴったりと寄り添う初々《ういうい》しい彦乃。

そのとき、彦乃がそっとささやいた。

「先生、私、このまま死んでも本望よ」

「ああ」

夢二は素っ気なく答えたが、気持ちは同じだった。

「おねえちゃん、いいかい、カチンとやるよ」

不二彦が片目をきつく瞑って構えていた。

「ちょっと待って」

と、彦乃は着物の袖を掴んで目頭をそっと拭った。

傍では撮影を終えても、カメラを覗き込んでいろんなところを写すふりをして遊ぶ無邪気な不二彦の姿があった。

「こんなふうに自分で髪を結って、持ってきた着物を縫っている私の姿を見たら、父が泣くでしょうよ」

「そうだね、でも、きれいな姿なのにね」

その様子を絵にした。良い出来栄えだった。

「でも、私が死んでしまったら、ここで好きな人との思いをとげてしまったら……そりゃ、父が嘆くでしょうね」

縫い物の手を止めずに心なしか嬉しそうに話す彦乃だった。

「パパさん、これなあに？」

不二彦が、身体を洗うときに用いる乾燥ヘチマを手に持っていた。

「それはヘチマさ」

「ああ、ヘチマ！　あの青いのだね」

「そう、乾燥したらそうなるのだ」

「西洋人ばかりが住んでいる花のあるおうちの。ぼくが紙のお魚を釣った家にいた時ね、ほら、坂を下りて行ってこっちに行くと川があるやろ？　あそこの塀のところに下がっていたあれ、あのヘチマね」

「ああ、よく覚えているねぇ」

「ぼくはよく覚えているよ」

「あれはいつだったかな」

「ぼくね、パパさんのうちだの、かあちゃんの家だの、パパさんのうちだの、いろいろいたなぁ。別れたり、ぼくが帰ったりしたから、いつだっけなぁ」

夢二は言葉を失い、彦乃は縫い物の手を止めて、

「あらまぁ、本当ねぇ、チコさん」

と、やさしく言った。

それから、彦乃は、

「かあちゃんとパパさんのうちとどっちがよかって」

と、何気なさを装って質問した。夢二はぎくりとした。

「どちらも」

不二彦は気遣う様子もなく、本心で素直に即答した。彦乃はほっとしながらも、なぜだかほんの少し淋しかった。


草木、山、子供、女……誰にでも彼我の境をとって相対していると、心の核にふれるものだ。その法悦はまことにありがたい。

湯涌なる山ふところの小春日に目閉ぢ死なむときみのいふなり

◇

翌朝、快晴だった。山菜の豊富な朝食を食べ終わり、彦乃はたまった洗濯ものをしたいというので、父子二人はスケッチ散歩に出かけた。

山の探検は身体の弱い不二彦にとって初めてのことだった。草木と戯れるだけで、病も飛んでしまうように、すべてのものに興味を示して歩いていた。

街では見られない珍しい草花が咲き乱れる野の道を行く。

「チコ、あれはおいもの葉っぱだよ。それからこれが、そら、金沢の旅館で食べた百合《ゆり》だ」

「こんなの食べたことないよ」

「この根っこのとこにある百合根を食べたのさ。それからあれはみそを包む葉っぱさ」

「あの葉っぱも食べられるの？」

「あかまま、おおばこ……食べられるんだよ」

「青くてまずそうだなぁ。ぼくはお菓子の方がいい」

「あははは」

稲田のあぜ道を通ると、たくさんのイナゴがいた。イナゴはツガイで交尾をしている。

「あ、これ親子なんだね。おんぶしてるよ。パパさんとぼくだ！」

「う〜ん……ま、そうだね」

夢二はうろたえた。

どこともなく菊の香のただよう秋日和のなか、空気は澄み渡り、草の擦れ合う小さな音さえも伝えられる。小川のせせらぎ、虫の音、素朴な山鳩の独唱。やさしい時間がゆったりと過ぎ行く。

「あ、パパさん、道の隅にとてもきれいな赤や青に光る虫がいる、あれなあに？」

二人の前を二、三間飛んで止まり、二人が近づくとまた飛んで止まり、道案内をするようだった。

「あれはハンミョウだ。ハンミョウのミチオシエ」

「ミチオシエなんだ！」

不二彦はとても楽しそうに駆け足をして、二メートルほど行くと止まり、くるりと後ろを振り向いて、「パパさん、こっち」と手招きをした。ハンミョウの真似をしてふざけている。

それにしても、駆け足ができるほどの快復とは恐れ入ったものだった。夢二は心から安堵した。

道端に今度は縞模様の野良猫が現れた。不二彦はその猫に興味を示し、触ろうとする。けれど、相手は媚を売るような素振りを見せながらも寄ると一メートルほど離れる。

「ひっかかれるよ、およしなさい」

夢二は嗜《たしな》める。

業を煮やした不二彦は、近くに咲いていたススキの穂を取り、猫をじゃらしにかかる。猫は真剣な目をしてじゃれ遊び、二つの影は忙しそうにいつまでも揺れている。しばらく時間が過ぎたころ、

「ほら、猫に触れたよ、パパさん」

不二彦が振り向くと、そこには夢二の姿がなかった。

「パパさん？」

見渡す限りの草原と木々。そのどこからも夢二の返事は聞こえなかった。隠れているのだろうか、不二彦は何度も夢二を呼んでみた。

猫はすっかり飽きて、どこかに行ってしまった。その山へ続く田舎道には、不二彦ただ

一人だった。

「パパさ〜ん」

不二彦は声を限りに叫んでみた。返事がない。不二彦の心臓は早鐘のように鳴り響く。握り締めた手が汗ばんでくる。もと来た道を帰るべきか、あるいは先へ進んでしまったのか、小さな不二彦の頭は混乱するばかりだった。どちらに行ったらいいのか、わからず、その場で地団駄を踏んでいる。

喉が渇く。嗚咽《おえつ》になる。いきなりの尿意を覚え、膀胱付近に痛みが走る。お腹が痛くなってくる。

「パパさん！　どこ？　どこに行ったの？　お腹が痛いよう！」

ついに大声で泣き出す。

もしかしたら。

もしかしたら、ぼくは捨てられてしまったのかもしれない。

不二彦はそう考えた。

不二彦は何度も何度も捨てられた子供だった。幼児のころから、気がつけば母の姿を探していた。知らないおばちゃんやおじちゃんの家に預けられていたこともある。何度もその相手が変わった。

かあちゃんはぼくと赤ん坊を縛っていなくなった。かあちゃんには捨てられたんだ。

パパさんも、ぼくがいらないんだ。パパさんもぼくを捨ててしまうんだ。こんな山の中に……。こんな山の中に……。

　ぼくは何度も捨てられてしまうんだ。ちっちゃなころから、何度も捨てられたんだもの。パパさんもかあちゃんもぼくがいらないんだ。きっと、そうだ。だから、ぼくはここに捨てられてしまったんだね。

　不二彦は山の奥へ続く道へ走った。涙が風に吹かれて散る。

　父よ、我を捨てたもうな
　父よ、我を捨てたもうな
　父よ、我を捨てたもうな

　パパさん、ぼくがいらなくても、でも、でも、ぼくを捨てないで。お願いだから、ぼくを捨てないで、いい子でいるから。

　なぜ、いなくなるの？

　なぜ、ぼくを置いて。

「パパさあああん！」

　声を限りに叫んだつもりが、声にならずに擦《かす》れてしまう。

　その奥に行っては危ないよ、幼子よ。山の内部に飲み込まれてしまうよ。だれか、この哀れな捨て子を救っておくれ……山鳩が歌う。


ところが、無鉄砲に道を進んだその先に、見慣れた男の姿があった。不二彦は、声も出さずにただ必死にその姿に向かい、今だ気がつかない男の足に勢いよく抱きついた。

「あっ！　びっくりするじゃないか、チコ！」

夢二は何事もなかったかのように、スケッチの手を止め、不二彦を見た。そこには涙と鼻水でぐしゃぐしゃになった不二彦の顔が、自分を恨めしそうに見上げていた。

「おい、どうしたんだ」

しゃくりあげて喉をつまらせている。

「……す……すてな……いで」

「捨てないでって？」

「パパさん……ヒック……ぼくを……ヒック……すてないで……」

夢二は猫と戯れていた不二彦が後をついてくるものだとばかり思い込んで、先に進み、道端に咲く愛らしい萩の花をスケッチするのに夢中だったのだ。まったく、不二彦が悲劇にみまわれていることなどおかまいなしに。

「捨てないでって、ああ、おい、パパさんがチコを？」

「ぼくはいらないの？　かあちゃんみたいに、ぼくを捨てていくの？」

「何を言ってるんだ、まさか、そんなひどいことしないよ、許してくれ、チコ、パパさん、気がつかなかったんだ」

　不二彦はなおも泣きじゃくって、ショックから立ち直れないでいる。

「パパさん、ぼくが病気だからきらい？　ぼく弱いから、迷惑かけるから。きらい？」

「違う、違う、迷惑なんかじゃない、きらいじゃないよ、チコ」

　夢二は不二彦の嘆きを聞き、あまりの傷心を知り、これほどまでにトラウマを背負っていることの哀しさに胸が引き裂かれそうだった。彼はしゃがみこんで、不二彦の小さな身体を抱きしめた。

「許しておくれ、許しておくれ、チコ。パパさんはチコがとっても大切だ。チコがいなくなったらパパさんは死んでしまうよ。チコ、許しておくれ、パパさん、絵を描いていて気がつかなかったんだ」

「本当？　本当にぼくを捨てない？」

　不二彦はようやく落ち着きを取り戻した。

「ああ、ああ、チコ、パパの大事なチコ」

　夢二は泣きながら、いつまでも不二彦を抱きしめていた。

　帰りの道はずっと、不二彦を肩車して、童謡を歌いながら歩いた。

　すっかり機嫌を直した不二彦だったが、夢二の心は子供の傷の何倍もナイフで深くえぐり取られたようだった。

　そして、実家に里子に出した虹之助、赤ん坊だった草一……さらに不憫な二人の息子を思い、心は止まらぬ涙を流し続けていた。

◇

山里の秋の日は静かに過ぎ行く。温泉につかり、山の幸を食し、抱き合い、笑い合い、このように平凡で美しい日々は永遠にあるかと思える。

不二彦の調子はすこぶる良く、三人で温泉場のところどころでスケッチをし、絵のための取材写真を撮る。

「チコさんね、褒められたの。私、鼻が高いわ」

と、彦乃が嬉しそうに語る。二人でお湯につかっているとき、ご機嫌な不二彦はオランダやしきをしきりに歌っていた。

「絵も上手だし、このぼっちゃんは今に偉くなりますよ」

と、知らない温泉客らが口々に称《たた》えたという。二人は親馬鹿丸出しで、将来を夢見て話し合った。歌手もいいかな、絵描きか、詩人か……。

京都から朗報が入る。増刷された詩画集『どんたく』の印税が千五百円を超えたという。

【ハウスヲタテルニハヤクカエレ】

と、電報がつく。家を建てるほどというのは友人のジョークであるが、当時、千五百円の印税といえば、それは、たいへんな金額だ。これは久々の手ごたえのある仕事だった。

不二彦の身体のためによく歩き、山を越えて向こうの谷底まで行ってみる。二里ほどの山道を文句も言わずに歩く不二彦を頼もしく思い、ここに来たばかりのころはすぐにおんぶか肩車をしていたものだったと思い出す。

里へ降りたとき、最初に出逢った老人が、

「お前様方はどこからきましたのけぇ」

と、聞く。

「京都から」

と、言うと目を丸くして「それはまぁ」と驚く。

彦乃の雪駄《せった》の緒が切れかかってしまったので、「草履《ぞうり》を売る店は？」と聞くと、水車のある家だと教えてくれたので、そこへ向かう。

そこで、草履と縄で作った袋と麦わらを買い、五十銭渡すと「こんなにいらねえ」と言うので、「まぁ、とっておいてください」と渡す。

「くらたに菊がついたさかいに寒くなるって言いますぞに」

と、親爺が言う。

都会で人々の利己主義、合理主義、商業的なおべんちゃら、裏切り、嫉妬、詮索をいやというほど浴びてきた夢二らにとって、ここは桃源郷なのかと思う。人々はささやかな仮の家族の幸せをあたりまえとして見過ごしてくれている。

穏やかな気持ちは愛を育む。

温泉から上がると、不二彦に冷えた麦茶を飲ませる。その時に、昼間買った麦わらで、彦乃が涼しげに茶碗のお茶を飲むのを見て、

「あ、何してるの？」

と聞く。

「麦わらで飲んでいるのよ」

「ぼくもそれで飲む」

不二彦はおもしろそうに麦わらストローで茶を飲む。

不二彦を寝かしつけ、障子を閉めると、二人の毎夜の睦言《むつごと》が繰り返される。

幸せすぎて苦しい。今までの人生で、これほど愛と信頼を得ることがあっただろうか。これは幻ではないのか。目の前の女は狐か狸で、山へ戻ってしまうのではないか。壊れてしまうのではないか。

余計な不安が胸をかき乱す。

「許婚とは……十八の年から俺と逢ったままでの十九の年、それまでにいろいろあったに違いないんじゃないかと、ふと、空想してしまうんだよ。馬鹿馬鹿しいかもしれないが、生娘幻想もあるんじゃないかと、あまりに俺がそれを望んでしまったばかりに……」

「空想よ。私にだって空想はあったわ。先生と関係する女の人たちを見ると、いいわねぇと思ったものよ。はしたないけれど、それが本心。港屋でお逢いしたときから、私は先生

と何さえしたら、もうそれが本望だったのよ。それは初めての気持ちだった」

「初めての気持ち？　気持ちだけだったのではないか？」

「どういう意味？」

「もうすっかり身体は汚されていたんじゃないのか？」

「ひどいわ。私が演技でもしていると？　……わかるじゃないの、ひどい」

「だって、俺も生娘は初めてだったんだ」

「私だって初めてよ」

そう言って彦乃は泣いた。

「あの人とはほんとに何をしたのでもなかったわ。そして、いやだったの、あの人が言ったわ。まだあんまり小さいからきっといやなんだって」

「そうかい。やはり、そういう感じにはなったのだね」

「先生は私をいじめてそんなに嬉しい？　私がそんなに信じられない？　こんなに深く愛しているのに。先生はひどいわ」

布団の中で彦乃は夢二の胸を叩いた。

「悪かった。だが、あまりに愛しくて……」

夢二は彦乃を抱きしめた。

彦乃の身体はまろやかに包まれた。

ジェラシーも被害妄想も、彼女を愛しすぎるゆえの、床での媚薬かもしれなかった。彦乃もこの男のトラウマを心得ていた。女は裏切るものと、今まで傷ついてきたかわいそうなロマンチストを。

夢二だけの愛玩物であるこの柔らかな生き物の肉体は、好物のチョコレートソーダのように甘美で刺激的だった。自分のために調合された甘味と口どけは、日々、自らの手の丹精によって熟成され、料理されていくのだった。

こんなに贅沢で特権的なことが、この世にあるのだろうか、と夢二は少々とまどいを感じながらも酔いしれる。

唇は薔薇の花びら。桜色から薔薇色に変化する時の美しさ。血管が青く透けるほど薄く白く滑らかな肌は、流線型を描く柳腰まで、一点のシミのないおろしたての絹の光沢。その上質の絹の上を指でなぞるその指先から伝わる柔らかい快感は、胸の山腹を越え少し湿度のある頂上の突起部で敏感になり、さらなる刺激によってその控えめな突起も硬くなり、潜んでいた情欲を現す。

「本当にいやらしい乳首だ。いつもはかわいく眠っているのに、刺激を加えるとこんなにわがままに起き上がる。ほら、見てごらん。自分の本心を」

「いや……先生……もう、そんなにねじっちゃ……」

指先で捻《ひね》ってお仕置きをしてやると、声を殺しても漏れる喘ぎがさらに淫靡だ。

「こんなに淫乱な生娘がいるものか、困った子だ」

「ひどいわ……先生がそうしたくせに……」

「もともとそうなんだ」

「ああ……もう、そんなにお乳ばかりいじめて。もう、ください。先生の……」

「何を言っている。いきなりはめるなんてはしたないことを言うんだね」

「許して」

「許すものか、ほら、こんなになっているところを無視しろというんだね？」

「ああ……して……」

夢二は自分の舌で思う存分、何度も果てるまで愛してから、さんざんに燃え痺《しび》れ上がった秘窟に押し込むのが好きだった。ただでさえ小さな彦乃の窮屈な器が、快感の波を伴って、何度も躍動し己の男芯を締めつける、あの快楽は筆舌に尽くしがたいものだ。これを、他の男が同様に感じ、味わうなどとは、妄想するだけで許せぬ恐怖だ。彦乃は俺のものだ。

「今日はいつものようにはしてあげないよ」

「なぜ？」

夢二は手に麦わらを持っていた。

「あ、それは、それをどうするのです？」

彦乃は一瞬、脅えた顔をした。

「もっと味わうんだ。おまえを」

彦乃の張りのある太ももを力ずくで押し広げ、この淑女の淫らではしたない格好を、自らの目で見せてやる。

「ほら、見てごらん。おまえの」

彦乃は恥ずかしさに顔を紅潮させ、引きつらせながらも、その股の間で男が何をするのか、確かめずにいられなかった。仰向けになったまま、上体を起こして、腕で支えて目を開けた。

夢二はその麦わらを彦乃の陰部に軽く挿入し、夢二はそこから溢れ出す愛の蜜を味わっていた。

「先生、やめて、いやよ……そんなこと……」

夢二は上目使いで彦乃を見て、それを吸うのをやめなかった。ちゅるちゅるという啜《すす》る音が、彦乃の耳に届く。

彦乃は過敏な部分に響く鋭い快感に力尽きて倒れ込んだ。

「もう……好きにして……」

ああ、こんなに甘露なものがこの世にあるか、絞りたての愛の蜜なのだ。夢二は至福を感じていた。その行為そのものではない。その行為をできる自分、それをできる相手がここに存在するという、その根本における精神的な結びつきについて確信し、夢二は感動していたのだ。

二人は何度も果て、何度も抱き合いながら、この現実だけを本物とした。

——わたしばかりのあなたではないこと。わたしとそなたとの間のそなたでありわたしであることを知ったことがうれしい。

真実にしみじみと愛することを知ったことがうれしい。

尊敬することを忘れずに熱愛せねばならぬこと。


愛に濡れた二人は、伴って再度、残り湯へ向かった。激情の後の放心と肉体の疲労に、怠惰で無口なまま湯につかっていた。

そこに、子供の泣き声がする。

「あ、チコの声ではないか？」

それを聞いたとたんに、彦乃が湯から飛び出た。

「お、おい！　手ぬぐいはそこにあるぞ！」

夢二がそう忠告すると、彦乃はそれを下半身にだけ巻いて、全裸のままで浴場から部屋まで走っていってしまった。

まさか、手ぬぐいがあるっていったのは、それで身体を拭いて、着物を着ていくために伝えたのに、あの娘は手ぬぐいで前だけ隠して行ってしまうとは……夢二は面食らった。あれがあの彦乃か？

少しの間の後、彼女は泣いていた不二彦を抱きかかえて帰ってきた。もちろん、全裸のままである。不二彦はもう六歳だ。かなりの重さで身体の小さい彦乃にはずいぶんとこたえることだろうに。

「まさか、裸のままであがるとは」

夢二は驚きを伝えた。

「あ、あらまぁ！　だって、チコさんがどうしたのかしらと思って」

不二彦は夜中に起きて二人がいないことに気がつき、ぐずったのである。

夢二はこの可憐な娘に何度も驚かされた。さっきまで羞恥と快楽に体中を真っ赤に染めていた寵愛を受けるための美しい肉体が、今は母親のそれになっていた。子供のためには全裸を見られても平気であるような。

不二彦はねぼけたままで、彦乃に抱かれて湯につかり、彦乃の胸を赤ん坊のようにまさぐっていた。

「おいおい、まさか、ここでふくませないでくれよ」

夢二は今の今まで自分が吸いついていた乳首に照れていた。

「チコさん、お乳を触るとよく寝つくのよ」

その顔はすでに、子供を生んだ女のものだった。この心広く優しく、そして、強い女性は、いくつもの顔を持ち、夢二は決して、一生この女には頭が上がらないのだろうと、湯に潜って一人でこっそり微笑んだ。

傷ついた男たち。彼らは身体のためだけでなく、心の傷をも、このひなびた温泉地で癒していたのだろう。

この二人の哀れな男たちのトラウマを引き受けたうら若い女性は、その繊細な容姿からは想像できないほどに逞《たくま》しくなっていた。それが笠井彦乃という人だった。

翌朝、三人はさらに美しい陽の光を浴びていた。

小春日の朝日にぬれて塗枕
くゝり枕にそへば、いとしく

◇

「一緒に洋行に出よう」

「まぁ、本当？　嬉しいわ、本場の芸術が学べるのね。本当ね」

「ああ、行こう。すぐに」

夢二は海外遊学の夢を個人ではなく、この愛する彦乃と叶えることを決意した。何回も機会を逃した夢だったが、今度は実行できそうな気配だ。神戸で銀行家をやっている母方の従兄弟《いとこ》が、壁画二点の制作費の報酬として三年間の海外旅行の費用を捻出してくれた。

それまでに二人はやっておかねばならないことがある。彦乃を妻として迎えるために彼女の父親を説得することだ。彼は頑固で異常なまでの娘への執着がある。そして、かわいい娘を嫁にやるには、三人の子持ちで離婚歴があり、女との浮名を流し続けた夢二ではあまりにハンディがありすぎた。

　夢二は有名画家ではあるが、そのことが逆に問題だった。娘を女流画家にしたく勉強させる父だから、画家という職業に対して偏見はないにしても、それは官展の肩書きを持つ、芸術家と呼ばれる画家に対してのもので、かえって夢二のような異端的な絵描きには蔑視を向けているのはあからさまである。

　それには、夢二がさらに大きな成功と実績をつけなければならない。夢二は依頼を受け、この春に京都の岡崎で第二回目の展覧会を開催することを決定した。

　夢二は壁画制作に賭けていた。展覧会が大々的に行われ、その展覧会の目録に壁画二枚も加えられる。これは彼の腕を示す良い機会となると考えた。おまけにこの成功を彦乃の父親への結納としようと思った。結婚をするための算段はできあがっていた。

　もうこれで彦乃は日陰者でも、内縁でもなく、晴れて夢二と添うことができるのだ。

　夢二は制作に意気込み熱中していた。展覧会は四月。もう弥生月。そのうち、桜もほころんで、同時に幸福の芽も膨らむことだろう……そんな時だった。

「ここが、下宿屋か！」

　玄関から激しい怒号が飛び込んできた。まだ夜明け前の就寝中の床で、夢二と彦乃は慌てふためいて起き上がった。

「奥様！　だんなさま！」

　ばあやが、二階に上がってきた。

「たいへんです。東京からだそうで」

彦乃は驚きよりも、落胆の色を示した。

「とうとう……来たのね」

彼女はずっと、この恐怖の影を背負ってきた。昨年の春に夢二と暮らしてから、一年間というもの、今日か明日か、とこの戦慄の場面を予測しない日はなかった。溢れるばかりの幸福感の片隅で……。

夢二も悟っていた。あと少しの辛抱であったというのに、天災のようにタイミング悪く突然にその日はやってきたのだ。

しかも、彼女は冬の間、しつこい京都の冷気に当てられたのか、体調を崩し、微熱を出して寝込んだり、咳や痰に悩まされる風邪の症状を繰り返して脱力していた。

しかし、逃げも隠れもできはしない。ぐずる不二彦をばあやの部屋へ預けて眠らせ、父親を二階の寝室へと招き入れた。そこで、父と娘は一年ぶりの再会を果たした。

最初は父親を裏切った娘に対して、怒り心頭の父は引きずり出さんばかりの勢いで階段を上ってきた。

「あんたんとこは下宿屋だな！　下宿している娘を連れに来た！」

「お父さま！　そんな」

しかし、寝巻きのまま、布団から起き上がった彦乃の顔色を見て、

「彦乃！　なんだ、そんなにやつれて、痩せて……いったいどうしてこんなことに……」

と、声色が変わった。

「娘さんは少し体調を崩しているんですよ」

夢二がばあやに持ってこさせた湯たんぽを、彦乃の足下に入れてやろうと布団をめくると、

「なにをする！　この男は！」

と、まるで、娘を陵辱されたかのような勢いで夢二の手をさえぎり、その布団を押さえた。そこに敷かれた布団は二枚重なり合って夫婦の床であることはわかりそうなものなのだが、父親には納得などいかない。あくまで下宿屋に娘がいる……そういう形にしておきたい情なのだった。

「こんなところに無理しているから病気になどなるんだ。さあ、返してもらいます。東京に帰ろう」

「お待ちください。お話し合いをしましょう」

夢二は抑えて冷静に話しかけた。

「なんだと？　話などあるものか。ここでは絵の勉強などできやしないらしい。東京の大学にやるつもりなんだ、ほっといてくれ」

「絵の勉強はされていますし、もうすでに個展で発表もしていますよ」

「ええ、そうだわ、お父さま、夢二先生のおかげで……」

父親はさらに形相を変えた。先生だと！　何が先生だ、このふしだらな虫けらが、人を

コケにして大事な娘を……

「おまえが病気というから、こうしてまだおとなしくしてやっているんだぞ。おまえは自分のしたことをわかっているな。なら、もう、終わりだ。さあ、支度をしなさい」

「娘さんは、私と……」

その言葉をさえぎり、父親は懐《ふところ》から紙袋を取り出した。

「ああ、そうそう！　どうもお世話になりましたな。娘の食費やら下宿費やら、お支払いしときましょう。これで足りますか」

「お待ちください。あなたは私と彦乃さんとを下宿屋と下宿人にしておいて、お引き取りになるということですか？」

「京都に来る前に、玉葉さんから聞いたすべてですからな」

「いや、そんなおとぼけにならず、すでに何もかもご存知なのでしょう。それならば、こちらから近々お願いと侘びに行くつもりで……」

「ああ、そんなことはもうどうでもいいんです。どうぞ、とにかくこれを……下宿代でダメなら援助でどうだ、金がいるだろう？」

目の前にその金の入った封筒を投げ出した。夢二は悔しさに奥歯を食いしばった。

この場において彦乃の目前で侮辱をするつもりでいる。

「私は金よりも人間の真心が大切。お金は金の欲しいあなたにお返ししますよ」

夢二は食い下がった。

彦乃は弱った身体で辛そうに泣いている。

「何を……」

父親はその哀れな娘の姿を見て、貰い泣きをしながら、

「もう、どうにか許してくだされ。私の大事な娘です。これからの娘です。これ以上、こんな辛い目にあわせたくない」

と、お芝居じみて手を合わせた。

「辛い目といっても、お嬢さんがご自分でお決めになったことで……」

「いや、もうどうにか助けてくだされ。もう、あんたには恨みもつらみもありゃしない。いや、病気だと聞いた時には、殺してやろうかとも思ったが、今じゃ憎んじゃいないですよ。返してください。後生だ」

父親は態度を変えて、泣き脅しにかかった。

「お父様、よして、もうよして……」

夢二も父親としての気持ちがわからないでもない。自分が犯してしまった罪悪感もないわけではない。もう、これは彦乃の気持ち次第ではないのか。

「しかし、この体調で、東京まで連れ戻して、具合が悪くなったらどうするのですか。もっとよく考えてから……」

「私の娘だ、ほっといてくれ。東京で医者に見せる」

彦乃は微熱のある朦朧とした頭で、もう半分はかごに押し込められてしまった小鳥の気

分を感じているのだった。

これ以上、抵抗することができようか……。この父にこれ以上背けば、この場で刺されるか、自分が窓から飛び降りるかしかねない父。もしかしたら、もうすぐ展覧会をする夢二の邪魔を企《くわだ》てるかもしれない。何をするかわからないほどの溺愛なのだから。

「とにかく、いったん、東京へ帰ろう、それからだ」

父親は彦乃に少々の希望を持たせるような振りをして、無理やりに連れ戻す手配をつけた。

夢二は車屋を呼んで、駅まで二人を見送った。

「ちくしょう、車屋まで彦乃のことを奥様と呼びやがる」

プラットホームに着いたとき、夢二が渡そうとした鞄《かばん》をもぎ取るように受け取って、父親は忌々《いまいま》しそうに捨て台詞を吐いた。

もう、すでにそのときには、彦乃を引き止める最後の手段も残されていなかった。彦乃は青ざめた顔色のままで、東京までの長い旅路に発った。

「すぐに会えますわ、ちょっとの辛抱です。父をなだめてくるばかりだもの。ね、先生。待っていてください」

彦乃の目は必死にそう訴えてはいたが、夢二は半身をもぎ取られてしまったかのように、無力感に襲われていた。

夢二はプラットホームに立っていた。

「人に見られるから、早く帰ってくれ」と、言わんばかりの攻撃的な視線の父親を無視して、いつまでも彦乃の姿を汽車の窓越しに見ていた。

「しの……」

夢二は駆け寄ろうと、二、三歩前へ進もうとしたが、それに気がついた彦乃が、首を横に振った。「近づくといけない」という信号だろう。夢二は立ちすくんだ。

何をしたというのだ。ただ、純粋に愛し合っただけではないか。自分はきちんと離婚もしている独身だ。なぜ、こうも、許されないのか……愛し合うということが……。

発車ベルが鳴る。

夢二は放心して、いつまでも立っていた。汽車が出ても、そして、見送ってからも。

「過ちか、いないないまは身も霊《たま》も捧げしものを忘れたもうな」

◇

「おねえちゃんはどこ？」

不二彦が聞く。

「ちょっと、東京へ用事で戻ったのさ」

その夜、友人が二人、事を察して慰問に来てくれた。ひとつ部屋に布団を敷き、不二彦を挟んでみんなで眠った。

「みんなで楽しいね！　でも、おねえちゃんがいるともっといいのにね、早く帰ったらいいのにね」

それから夢二は何をやっても気力がなかったが、とにかく展覧会の予定は崩せない、それだけに集中するしかない日々が一週間過ぎた。

彦乃からばあやに宛てた手紙が届いた。


――いろいろありがとう。なよなよとやっと東京へ着きました。家へ帰ったとは言いたく御座いません。今両親が出かけましたからとりあえず内所でおあいさつ申上げます。どうぞ、パパをお願いいたします。体がふるえて何をどう申し上げていいかわかりません。ほんとにパパが淋しがらないようにお願い申します。力をつけて下さいまし。パパをたのみます。言いたいことばっかり。さようなら。五日夕

自分は病身でありながら、夢二のことばかりを気遣う彦乃。このばあやに宛てた手紙の裏で「パパをたのみます」の言葉の切なさは、女の切なさであることもうかがえる。

自分は妻として夢二を「よろしく」できない。誰か、自分の代わりに「よろしく」してしまう女が現れでもしたら、この身が引き裂かれんばかりだ。どうか、どうか、お願いします。夢二を私の代わりに見守って……そう泣き叫ぶ気持ちが見える。

夢二にはそんな女心は伝わらないにしても、これほど自分を案ずるやさしさに泣かされる。

彼女がいない日々の虚脱のなかで、不二彦までがまたも熱を出し、倒れる。まるで再度、母親に逃げられた子供のように、寝込んで甘える。食欲もなく、深夜にもうなされる。パイナップルのジュースを絞って吸い口に入れて飲ませようとすると、

「おねえちゃんのように、麦わらでほしいな」

と、言うので、夢二は麦わらを買いに走り、それを与える。麦わらを見ると、あの温泉の夜の光景を思い出し、幸福の絶頂の場面が浮かび、さらに、奪われた喪失感と哀しみを増す。

――名を惜しんでください。彼等は彼等、私等は私等、交わる時のない平行線でございます。……あたしは静かになれました。どうぞ心おきなくあなたのお仕事大切にして下さい。逢いたいけれど……しの

彦乃からの手紙はとても抑圧されたものだった。すべては展覧会の成功を祈り、その後また二人で寄り添える日のために夢二をなだめ、奮起させる気持ちからだった。

その展覧会はすべてが彦乃のためだった。彦乃との将来のために、彼女のために行うそれが、今、その主をなくした上において無意味なのではないかとさえ悲嘆にくれていた夢

二だった。

不二彦はこの春から小学校へ上がった。この子供は、ずいぶんとたらいまわしにされた幼児期、夢二の懐の中でカンガルーの子供のように甘えたまま大人だけの世界で遊んだ時期を過ぎ、初めての同年代の友人ができるようになった。

入学したばかりの学校から帰ると、二階のアトリエに向かった。今日も夢二は黙々と絵を描いていた。その絵を覗いて見て、不二彦はとても違和感を感じた。今までは父親の絵に心酔する幼児だったが、そこに描かれている奇妙なものへの嫌悪が感じられた。

その絵は油絵で、両側に人間が二人立っている。一人は女性で顔を伏せて泣いている。その真ん中の土のところから、白いたおやかな手が、にゅっとまるで木のように生えているのである。色調も全体的に暗く、湿っていて、それは何かの埋葬のようにも見えた。

「パパさん、その絵、気持ち悪いや」

近頃の不二彦は生意気なことを言うようになった。

「子供にはわからんよ」

夢二は無愛想に答えた。

「パパさん、そんな絵ばかり描かないでお仕事したらどうだい?」

「何を言ってるんだ。これが仕事じゃないか」

「絵を描くのが仕事なんておかしいやい」

「何があったんだい、チコ」

「お父さんは外に出てお仕事するんだって」

「家の中でも仕事をするお店を持った人もいるだろう」

「でも、太平くんのパパは銀行に行ってるし、サンちゃんのパパは警察官でかっこいいんだぞ。それに強いんだ」

「絵描きも立派なお仕事だよ。チコも絵描きになるって言っていたじゃないかい。何を言われたんだ」

「チコのパパはいつも家でぐうたらしてるって。遊び人だっていうの」

「本も出しているって言ってやんな」

「でも、パパさんはもっと強いパパさんがいいよ」

「ああ、そうかい、じゃあ、どこへでも行っちまいな」

夢二は子供のわがままに辟易していた。

「すぐに泣いて弱虫のパパさんなんかきらいだい！」

不二彦は階段を駆け下り、家を飛び出した。泣いて歩いていると子犬が擦り寄ってくる。無性に腹が立って子犬を足で蹴り上げた。

キャウンキャウン……子犬は悲鳴を上げた。不二彦は、子犬の脅えた様子を見て、すぐに、自分のしたことを悔いた。

以前、温泉街で足を骨折した犬を見た時、その野良犬を「かわいそうだ」と言って、連れてきて、足に木を添えて包帯で治療していた父親の姿を思い出した。その時も、哀れな捨て犬の姿に涙した。

気がつけばいつも何かに涙する父を見ている。一家の大黒柱としての父親像は家父長制の時代において、絶対君臨する強い男性像でなければならなかったが、自分の父親は友達の父親たちとはまったく異なる。

だが、その弱さや感受性はやさしさとも重なって、病気で寝込む自分を不在の母親の代わりになって手厚く見守ってくれている。その時の涙は心からやさしい。

小さな不二彦にはあらゆる差別偏見や世間の常識、強制的な理想像などといったそういう難しいことはまったくわからなかったが、絵を描く仕事をしている父親に酷いことを言ったのではないか、という反省の気持ちはこみ上がってくるのだった。

急いで家に帰り、こっそりと二階に上がってみた。窓辺にたたずむ夢二の後ろ姿が見えた。その背中は小刻みに揺れていた。不二彦はドキリとした。パパさんが、ぼくのせいで泣いているんだ。

不二彦は今にもその窓から父親が落ちていってしまうのではないかという焦燥感にかられて、急いで駆け寄った。

「パパさん、ごめんなさい！」

夢二は振り向かない。

「パパさん！」

夢二の背中はまだ少し小刻みに揺れていた。

「ふふ……ほら、チコ、見てごらん」

泣いていると思った夢二は実は肩を揺らしてクスクスと笑っていたのだ。その右手には小さな手鏡が握られていた。その鏡面に日光が当たり、その反射の光の玉が、庭の方へ続いていた。そのチラチラ揺れる光の玉に目をやると、そこには子猫が二匹、その丸い光を追いかけてじゃれて遊んでいるのが見えた。

「おもしろいだろう、チコ」

不二彦は安堵とともに、一緒に笑った。

その夢二の目尻には先ほどまで流れていた滴がついていることは、不二彦には気がつかなかった。

夢二が描いていた油絵は『ＳＰＲＩＮＧ（春）』と題され、展覧会に発表されたが、そのタイトルからは考えられない悲痛なタブローであり、夢二の空虚な心と、その後の悲しい出来事の暗示をするかのようだった。

◇

第二回展覧会は開催された。大正七年四月十一日。京都岡崎公園内の京都府立図書館での『竹久夢二抒情画展覧会』で、屏風を含む日本画、油絵、パステル画など八十二点が陳列された。

開場の一時間前にはすでに、夢二がいる二階の窓から外の駐車場に人だかりができているのが見えた。

次々と、知人が挨拶にやって来る。成功しそうなのは目に見えていた。

展覧会の目録には友人の恩地が素晴らしい賛辞を贈っていた。


君の作は官能と情緒の交錯であった。そして又感情の喜びであり涙であった。「画面の裏へ消え入るような画」、涙の様に、砂浜の小川のように、そこに淋しさが限りない。情緒が俯瞰してゐる。この作者がぢっと黙して立ち上がり、力強く画筆をとる時に、日本の画は、物さみしさと単純さに確かな実存を保ちうるであらふ。


夢二は自分の展覧会へ入る人々を眺めていた。その時、背後から肩を叩かれた。

「竹久さん」

ふり向くと、そこには以前に京都の家に下宿したこともある彦乃の友人の玉葉がいた。

「こちらは鐘尾さんご夫婦です。この方たちが今回、ご助力してくださって」

夫婦は派手な身なりをしたブルジョア気取りの風に見えた。夢二は何のことかわからないままにファンに会う時のように挨拶を済ませながら聞いた。

「えっと、ご助力とは？」

玉葉が嬉しそうに、

「先生、今日は少しばかり驚かせてしまってよ」

そう言って、彼女の指差しする方に夢二が目をやると、入り口の壁にもたれかかった一人の女性の姿があった。

「しの！」

「先生！」

彦乃は少しよろめきながら前進し、夢二の腕の中へ倒れこんだ。

「具合はどうなんだい？　大丈夫なのかい？」

「ええ、もう平気。すっかりよくなったから、こうして来ているのよ」

しのは濃いめの化粧を施し、とても艶っぽく見えた。頬紅の朱が、彼女の顔色を生き生きと見せた。

「本当に、いいんだね、本当に、ここにいるんだね、しの」

二人は一ヵ月ほどの後にすぐに再会できることになった。鐘尾夫人はかねてからの知人かのように、二人をしげしげと見ながら目頭をハンカチでふいていた。夢二は少し訝しく思っていた。

展覧会で毎日忙しく、また、その次の月も神戸で展覧会が催され、彦乃は妻として同行し、立ち居振る舞った。その間、彦乃はいつも美しく着飾り、以前の病弱ぶりはすっかり返上していた。

彦乃の再来を夢二の次に喜んだのは、当然ながら不二彦だった。神戸の町を彦乃と二人で手をつなぎ歩いていたとき、ふと、宝石店のショーウィンドウが目に入った。

「まぁ、きれいなダイヤモンド」

彦乃が憧れたようにその指輪を見つめた。

「おねえちゃん、あの指輪、欲しいか？」

「ええ、欲しいわ」

「じゃあ、ぼくが大きくなったら買ってやろな」

慣れてきた京都弁で憎らしいことを言う不二彦に、彦乃は大笑いしながら、

「約束ね、だんなさま」

と言った。


そして、また夏が来る。彦乃は具合が悪そうだ。やけに咳き込み、熱っぽい顔をする。体重も減少し、どうにもいけない。

「病院に行ってみようか」

「いいえ、東京では大丈夫だって、言われたわ」

「本当にたんなる夏ばてだろうか」

「そうよ、お気になさらないで」

以前から決められていた長崎行きが目前だった。この状態では彦乃を連れて行くことは

できないだろう。かなりのハードスケジュールなのだ。

「でも、私、どうしても行きたいの。お願い、私を追いていかないで。もう、片時も離れていたくないのですもの」

「それじゃあ、長崎の後で島原から別府へ行くから、別府温泉で療養がてら、そこで落ち合おうじゃないか、どうだい」

「ええ、それで結構よ」

彦乃一人では不安なので、友人の玉葉を同行させることにした。

夢二と不二彦は先に長崎へ旅立った。郷土史家・南蛮研究家であった永見徳太郎宅へ滞在しながら、彼にオランダ屋敷ほか、長崎の名所を案内してもらった。このときのスケッチは『長崎十二景』として、画家の夢二にとって重要なものとなった。

充実したスケッチ旅行の末に、彦乃と落ち合う約束の別府温泉に向かう。そこでは、苦渋の表情をした玉葉の肩にもたれかかり、今にも倒れそうな様子の青ざめた彦乃が待っていた。

「平気よ、旅の疲れ。温泉につかれば治ります」と言いながら、夢二と彦乃は温泉につかる。そのとき、久しぶりに見た彦乃の肉体が、変わり果てていることに、夢二は目をそむけずにいられなかった。あの柔らかな曲線が、骨が浮き上がって、哀しくて抱きしめるのも躊躇される。

「ああ、あなたといられて幸せ。あの湯涌を思いだ……ごほっ……」

彦乃は咳き込んだ。

その時、お湯の表面に赤い椿の花が散った。

そう思ったのは、彦乃の口から飛び散った血の花びらだった。

「しの！　なんてことだ！　ここまでになっているとは！」

彦乃はずっと耐えに耐えていたのである。再会以来の派手な化粧は血色の悪さを隠すため、厚着していたのは痩せた身体を隠すため。微熱が続く毎日も、それを吹き飛ばすかのように無理に無理を重ねて笑顔を見せた。

これも夢二と一緒にいるため。

実は、東京へ帰って行った直後、彼女はすでに赤い血を吐いた。東京で医者に行ったというのも嘘だった。誰にも知られずに、それを隠して、父親が病院に行かせようとした隙を見て、京都へ逃避行してきたのである。

なぜなら、彦乃には自分の病名が薄々わかっていたからである。

「結核性の腹膜炎を併発していますね。よく、ここまで来られたものだ」

翌日に、入院した病院の医師がそれを告げた。

結核……結核……結核……。

その時代においては高い死亡率を示し、「国民病」と名づけられた不治の病。

彦乃が結核だって?!

◇

「ごめんなさい。私は病気をしに戻ってきたみたい」

「謝ることなどないよ。こうして傍にいられたらお互い、気丈夫じゃないか。来てくれてありがとう。遠くで心配するのは耐えられないよ」

「先生……でも、こんな身体じゃ、何のお役にも立てないわね」

「馬鹿、そんな世間並みなことを言うもんじゃない」

「女はね、年をとれば世間並みにつまらなくなるものですわ」

「しのはそんなじゃないだろう」

「いいえ、そんなよ。あのね、私……そうすれば、父もきっと許してくれると思うの」

「何が？」

「私ね、先生の赤ちゃんが欲しい」

夢二は一瞬、言葉につまった。こんなにもいじらしいこの娘が、何の因果で悲劇の病に倒れなければいけなのか……。

「ああ、わかったよ。じゃあ、早く良くおなり。それからたくさん、生めばいいのさ、ね」

夢二は彦乃の額に手を当てやさしくそう言った。

ところが、翌日、しばらくこの別府の病院で療養させようと思っていた夢二の前途に暗雲が立ちこめた。

【スグカエレ】

彦乃が京都に来るときに世話になった恩人の鐘尾より電報が入った。

【ヤマイオモシマテ】

と、すぐに返信したのだが、なぜ、鐘尾が帰れというのか。鐘尾夫婦には彦乃が別府に来る際に挨拶をしてきていたし、彼女の身体を気にしてくれる彼らに度々の連絡も入れていた。

次に信じられない電報が届いた。

【カネナケレバオクルスグカエレ】

それを受け取った夢二は愕然とした。この言葉は以前に聞いた。彦乃のあの父親の言葉だ。彼のしわがれた声で侮辱をはらんだこの言葉が聞こえてきた。

「金を払えば娘を返してくれるんだろう。おまえも困っているんだろう？」

それを鐘尾の電報で伝えられたことに、言い様のない不安が胸をよぎった。

だが、彦乃は恩のある鐘尾夫人の言葉に従って、とにかく京都へいったん帰りましょうと言う。しかたがないと夢二は彼女の身体を支えながら、電車に乗り込んだ。

京都の駅で鐘尾夫婦が待っていた。

「すぐに入院させます」

今までになく冷淡に鐘尾夫人は言った。

「私、先生の家に帰ってきたんです」

「何を言うてはりますの、彦乃はん。あんたえらい病気やおへんか」

「病気でも、死んでも、とにかく先生といたいの」

「そんな子供みたいなこと、お父はんが……」

鐘尾夫人は言葉につまった。

「お父さん？」

夢二は不安が的中したように感じ、止める夫婦の手を振り切って、その日は彦乃を自宅へと連れ帰った。

自宅では玉葉が待機していた。

「鐘尾さんが……私たちが別府へ発った後ですぐにお父様に連絡を入れていたんです。あまりに病気がひどいからご家族に知らせてあげると言ってましたけれど、本当は……」

「なぜ……」

夢二はあまりの人間の豹変ぶりと裏切りに血の気が引いた。彼らが彦乃の父親に出した手紙には「娘御は厳重に監視していたが、夢二に誘惑されて行方不明になった」と書かれていた。

それを知った父親は血相を変えて京都に飛んできた。

「夢二のような悪い男に見込まれて、術の施しようがありません。今、心当たりを探しています」

と、鐘尾は父親に訴えたという。

彼らはようやく、別府から文展のための絵画の制作のため、京都に先に帰った玉葉を捕まえた。そして、彦乃の泊まる温泉旅館の名前を聞きつけたのだ。

父親はすべてを鐘尾夫婦に委任して先に東京に引き返していた。もう夢二という憎むべき男の顔など見たくもないと。

そこには金銭がからんでいたのだろうか？　それとも嫌がらせだろうか、夢二へのなにがしかの憎悪か。鐘尾は父親の手先として、二人を引き裂く大きな鎌を振りかざしてきたのである。

彦乃の病状はますます悪化し、東京へ連れ戻すのも無理な話で、夢二のかかりつけの医者は彼女を看て、開腹手術をしなければならないと診断した。

その夜、鐘尾が夢二宅へ訪れた。

「あなたがた……いったい、なぜ、こんな仕打ちを」

「何を？　彦乃はんのことを心配するがあまり。あんたね、父親ですやろ？　ほな、父親の気持ちがわかりますやろ。今、またお父はんが来てますさかいな。返しなはれ。これは誘拐どっせ？」

彼らは彦乃を京都に連れて来た時と同じように、これが道理であるかのごとく勝ち誇り、当然の良識的な対応であると、己の正義を押しつけてきた。すっかり自分が乗っていた彼らの船頭する船が転覆してしまったことに夢二はめまいを感じていた。

彼らは頑《かたく》なな彦乃を説得できずに踵《きびす》を返すしかなかったが、その直後に、夢二宅の門が再び叩かれた。人力車だった。鐘尾に頼まれたと言う。夢二はいずれにしても手術が必要な彦乃の身を考えると、いったんは入院させなければならないと決心した。

彼女は父親の監視下の病院へ緊急入院させられた。娘に再会した父親はこれほどまでに酷い病人を連れまわしたとして、夢二への憤慨も、軽蔑も、憎悪も以前より強固になっていた。

何より、娘が不治の病に侵されていることを知って、愕然としたのは夢二も父親も同じだったのだ。どちらにとっても唯一無二の存在なのだから。

夢二は病院に駆けつけた。

――重態につき、近親の外一歩も入るを許さず、院長
という貼り紙が、まるで悪鬼を退散させるお札のように、べったりと病室のドアに貼られていた。

「私もいずれ近親だ。なにくそ」

夢二はドアをそっと開けた。

すると、中には眉をひそめた鐘尾夫婦が彦乃を取り囲んで監視していた。

院長に直談判しても「面会謝絶なのですからしかたないでしょう」と取り合ってくれない。昨日まで肩寄せあっていた二人なのに。もちろん、父親の差し金だ。

夢二は以前に知っていた鐘尾夫人の弟をたずねた。

「なぜ、君のお姉さんは態度を変えて、何のためにこんなことをするのだ？」

「たいへん言いにくいことですが、姉が言うには彦乃さんはあなたをすでに愛していないそうやないですか。別れたがっていると」

それを聞いた夢二は怒りを通り越して、ぐったりとうなだれてしまった。有名人のリスクでもあるのか、人の裏切りは今までも何度も経験していた彼も、これほどまでにおぞましい偽善と悪意がこの世にあり得るとは思わなかった。人の人生に入り込み、翻弄しておもしろがっている人間がいる。その人間はそれを善意と自負し、まるで奉仕か献身かのように快感さえ感じているのだ。

不治の病に倒れた彦乃……再び引き裂かれた二人……信じた人の裏切り……大きな黒い渦に巻き込まれた自分の人生がこのまま浮かび上がれない底なし沼の渦になっていく、そんな気がして恐ろしかった。

彦乃の看病のために東京から母親がやって来た。彼女は継母のため、彦乃に甘かった。最初のうちは、誰が見舞いに来ても「知らない方とはお会いさせません」と頑なに父親からの命令を聞いていたものの、病床の彦乃があまりに嘆き哀しむのを見て、しだいに監視の目を緩めた。

夢二はとうとう見舞うことができた。母親は見ぬふりをする。そっと部屋から出て行く。

「ああ、逢えて嬉しいよ」

「先生、私もよ。お母様は女だから、私の気持ちもわかってくださるの」

彦乃はさらに痩せて、ふっくらと卵型だった頬は鋭角になっていた。しかし、美しさは変わらない。彦乃の唇にそっとキスをする。

「先生、だめ。うつってしまう」

「何を言う、今さら。平気だよ」

「チコさんの病気は大丈夫？」

「ああ、はやり病でも何でもなく消化不良だよ。虚弱なだけだ」

「良かったわ。本当に良かった」

「しのも良くなるさ。きっと洋行しよう。着物をこしらえてあげようか」

「嬉しいわ、良くなるわ、きっと」

あまり長居はできないので、彦乃の身体に負担をかけないように、そっと抱きしめて別れを告げる。

「いや、行っちゃいや……もう死んでもいいからおうちに連れて帰って。先生の傍で死にたい」

「馬鹿！　何を言うんだ。死などということを二度と言わないでくれ。俺より先には逝《い》かせないぞ、いいね」

「先生……」

涙が溢れて止まらない彦乃のつぶらな瞳に後ろ髪を引かれながら、とぼとぼと家に帰ると、病から回復した不二彦が元気にこう聞いた。

「おねえちゃんにはまだ逢えないの？」

「今度連れて行ってあげようね」

「パパさん、おねえちゃんと東京行くんだろう？」

「ああ、そうだ、東京に帰るんだよ」

「ぼくは？」

「チコはどう思う？　パパがもし誰か一人としか一緒にいられないとしたら、チコといるか、おねえちゃんといるか、どっちだと思う？」

「そりゃぼくだろう？」

「そうかい。それじゃ、チコはおねえちゃんとパパとどっちといる方がいい？」

「おねえちゃん！」

「そうかい、おねえちゃんの方が好きかい」

「そりゃそうだろう。だって大人になったら結婚できるんだろう？」

「ああ、できるさ」

「おねえちゃんと結婚して新婚旅行に行くんだ」

「パパは？」

「パパはお墓に入るのさ」

「あはは、それはひどいなぁ。おねえちゃんだってチコが大きくなったらおばあさんだよ」

不二彦は苦い顔をした。

「じゃあ、小さい人と大きい人と結婚することある？」

「ああ、たまにあるね」

「おねえちゃんがぼくの大きくなるのを待っていてくれたらいいなぁ」

「ああ、そうだね。楽しみだね」

この子は彼女を愛していた。この子なりに……。

毎日、毎日、彦乃を見舞った。ほんの少しの時間でも、彼女の顔を見ずにはいられなかった。結核でもよくなった人というのを知っている。きっと完治して彼女を妻にするのだと誓った。

病人は寝たきりになり、床ずれができるほど悪化した。寝返りを打つときに、痩せた手を夢二の方へと伸ばした。その腕をいたわりながら、彼女の軽くなった体を支えてやると、看護師と母親が背中の床ずれの傷を洗う。

「あ……いたい……」

「もうすぐですよ」

と看護師が言った。支えたままの姿勢で、彦乃にこっそり口づけた。母親の方からは死角になって見えない。彦乃は痛みも忘れて頬を染めた。舌に触れると身体が熱くなった。こんなにもこの愛しいものを欲しているのに。

――おしのよ。おまえとつれそってから私はおまえの若い夢をたべてしまった。またおまえの涙をのみほしてしまった。それでもおしのよどうかうらまないでくれ。

「チコさんを連れてきて」

と、彦乃が訴えた。この枯れ枝のようにやせ細った身体を見て、子供が無邪気な残酷性を発揮したらいけないと躊躇していたのだが、彼女が心から頼むので、不二彦を連れて来た。

「おねえちゃん、痩せたなぁ」

不二彦は素直に印象を伝えた。

「ええ、ちょっとね。さぁ、触ってごらんなさい」

彦乃は不二彦の手をとって、自分の寝巻きの胸もとへ導いた。

「あ、柔らかい。お乳は変わらないや」

「そうでしょう。さぁ、いいのよ、あなたのものよ。かわいい子」

熱に紅潮した彦乃は、少し意識が朦朧としているような顔つきで、自分の胸をはだけさせ、片方の乳を差し出した。乳房はかつて夢二の愛したその隆起は形を変えて、しぼんだ風船のようになってはいたが、乳首の可憐さはそのままに、今も愛する子供の唇に含んでもらうのを待っていた。

夢二も、傍らにいた母親も驚嘆した。

不二彦はためらいもなく、その乳房に顔を近づけ、乳首を口に含むではないか。まさか、そんなことが……。

彦乃の顔は至福の時のように、やさしくおだやかに恍惚《こうこつ》を表していた。それは聖母子像のように夢二の目には映った。彦乃のなさぬ仲の母親も、目頭を抑えて顔を背けた。

「チコさんは、よく眠れますように……チコさんは、お腹を壊しませんように……」

彦乃はうわごとのように祈りを唱えていた。

しばらくすると胸から離れた不二彦は、

「おねえちゃん、元気になったら新婚旅行に行こうな」

と、言った。

「ええ、二人きりでね」

と、彦乃は微笑んだ。

帰宅後、不二彦は寝床の上で胸に手を合わせてお祈りをしていた。

「おねえちゃんも、かあちゃんも、パパさんも、草ちゃんもみんな一緒にいられるように、どうぞ神様、助けてください。病気を治してください。喧嘩をしないようにしてください。ぼくも丈夫にしてください。おねえちゃんを治してください。お願いします。神様……」

◇

しばらくすると、再び彦乃の父親の陰謀によって、夢二は面会禁止にされてしまう。どんなに願っても、彦乃に逢うことは許されず、そのまま夢二は挫折を抱いて不二彦と東京へ、彦乃も東京の御茶ノ水の順天堂医院に転院した。

何度も病院へ出向くが、

「娘は良くなったら結婚させる。あんたとはとうに絶縁だ、この悪魔め」

と、父親につき返された。

いくらお互い憎み合ってもしかたがなかった。まさか、刺し殺してその門番のケルベロスを倒したところで、彦乃を病院から奪って逃げることなどできはしない。

逢えない辛さを絵や詩に託すしかもう術は残されていなかった。夢二はその思いを描き、大正八年の二月に『山へよする』と題した哀傷篇を刊行した。山とはもちろん彦乃の暗号だ。


京にありし日、日記のはしに書きとめし歌反古なり。高台寺畔のかりの住居に、思うはおしのがこと、おしのを待ちつつ住みわびし三年がほどは、げに憂きことしげかりき

など死なむ悲しきことをいうなかれ生くることのみが正しき証ぞ

病室の隅におかれし塗り下駄のさはこそやさし君をまてるに

彦乃がきっと、誰か友人の手によってこの本を手渡され、自分の気持ちが変わらぬこと

を知りますように……。彦乃に伝わりますように……と祈りながら、暮らした。

彦乃は依然として面会謝絶だった。身内しか会わせてもらえず、誰からも情報が得られなかった。伝染病であるからそれも当然なのかもしれないが、その裏では彦乃の父親の絶対的な夢二への拒絶があった。

夢二は少しでも彦乃の側にいたいと願い、病院からすぐ近くにある本郷菊富士ホテルの一部屋を借り切った。部屋には画材を持ち込み、仕事をこなしながら、毎日、毎日、彦乃の横たわる病棟の付近をうろついた。

ある日は、とにかく一目だけでも逢いたいとの思いが爆発し、隔離病棟の監視の目を盗んで、彦乃の部屋を探し出し、付近のトイレのドアにひそんで、夢二はその時を待った。

彦乃の病室の扉が開き、看護師とつき添いの義母が姿を現した。今だ！　と夢二はチャンスを逃さなかった。

周囲を確認し、こっそりと忍び寄り扉を開け、消毒薬の匂いが充満している室内に潜入した。

パタン、と扉は閉まり、四角い真っ白な部屋にはポツンと置かれたベッド。その上には目を閉じたままの彦乃が横たわっていた。一瞬、彦乃かと疑うほどに、ふっくらとしていたあの丸い顔は一回りほども萎縮していた。それは日本人形のように、つるりと滑らかで、白かった。

「しの……」

逢えたあまりの感激に、それしか声が出なかった。その懐かしい愛称、夢二だけの呼び掛けに、彦乃は静かに目を開けようとした。

「せん……せい？」

「しの……しの……」

夢二はベッドの脇にゆっくりと歩み寄った。

「先生……チコさんが……お熱が出て……」

「チコが？　何だい、しの」

「おミカンをあげましょうか、チコさん」

「なに？」

「先生、祇園祭がもうすぐだから……三人で……」

彦乃は夢を見ていたのだろうか。京都に三人で暮らしていた時の。うっすらと目を開けながらも、夢うつつの言葉が続く。

「しの、逢いたかった……」

夢二は涙をこぼしながら、彦乃の顔をのぞきこんだ。その時、布団の中からゆっくりと彦乃が手を差し出してきた。その手はあまりにやせ細り、まるで棒きれ、孫の手かのように見えた。

「逢いたかったですわ……先生……」

彦乃がまっすぐに夢二の目を見すえた。夢二は手をそっと握って、何か言いたげに震える青ざめた口びるに口づけしようとしたその時、ばたん！　と扉が開け放たれた。

「き、きさま！」

父親が何も言わずに、夢二の手を鷲掴みにし、力の限りに引き離し、そのまま、部屋の外へと引きずり出した。

「何をするんだ！」

「きさまこそ、何をしているんだ、面会謝絶の病人に！」

夢二は抵抗するも大柄な父親に引きずられたまま、階段まで来た。

「あの子は俺に逢いたがっているものを！　なんて酷いことをするんだ、あんたは」

「二度と顔を出すな！」

夢二は階段から突き飛ばされて転げ落ちた。

「ちくしょう！」

ホテルの部屋に帰った夢二は趣味で収集していたムラマサの短刀を手に取り、鞘を抜いた。

「おれたちを引き離すことなどできはしない！」

刀を振り回し、父親の幻影を叩き斬る。鬼の形相で、刀を持ったまま部屋から出て行こうという勢いだったが、振り回し続けた挙句にその場に倒れこんだ。

「ああ……しの……しの……ちくしょう！　ちくしょう！」

◇

いつの間にか植物園に夢二はいた。その熱帯ブースはヤシの木、ハイビスカス、ブーゲンビリア……世界の各地から集められた色とりどりの植物が、濃いオゾンを撒き散らし、湿度のある重い空気に包まれていた。

あれは世界最大の花といわれるラフレシアではないか。一年にたった三、四日間しかその姿を見せない幻の花といわれるこの花が。優に一メートルはある花弁は朱色に腫れ上がり、強い香気を放ちながら妖しく咲き誇っている。夢二は虜になったように近寄っていく。

巨大な花の真ん中に誰かが立っている。

「先生、咲いたのよ。とうとう」

全裸にバナナの葉で前を隠しただけの女性が声をかけてきた。よく見ると、それは、

「しのではないか！」

「ほら、私を描いてちょうだい」

ラフレシアの周囲には黄金の羽を広げた極楽鳥が舞い踊っている。何羽も何羽も。しかし、目を凝らすとそれは鳥ではなく、極楽鳥花、ストレリチアのまばゆいほどの黄色い花が揺れているのだった。

「しの、よくなったのか、すっかり頬も膨らんで」

周囲に群生した青く茂る緑の葉との対比によって彦乃の身体は、光を放ちながら、さら

に透き通る白さを増していた。

「ええ、もうすっかり、良いのですわ。先生のおそばへ来るためにこうして祈ってきました」

「ああ、良かった、良かった、しの、また逢えたんだね」

「もちろん、何があっても二人は一緒です、先生」

「そうだよ。何も二人を引き裂けるものなどないさ」

夢二は彦乃を抱きしめようと前進した。

そのとき、大量の燃え盛るようなカエンボクの花が、彦乃の身体の周囲に咲き乱れ出した。ポンポンと音を立てて、まるでマツヨイグサの開花の早送りのように、次々と……。

真っ赤な花々はいつしか本物の炎に変わり、彦乃の肉体は燃え盛る火炎に包まれた。

「しの！」

「先生、愛してくださってありがとう。先生、先生との愛が生きがいでした」

「待て、しの！」

「ありがとう……」

しの――――っ！！！

悪夢から覚めた夢二は、「病院からのお電話です」というばあやの声を聞いた。

受話器の向こうから、冷静で抑制された声が聞こえてきた。

「九時二十五分に姉は息を引き取りました」

しのの弟だと？　何を言っているんだ、こいつは。彦乃はさっき、すっかり良くなって俺のもとに……夢二は混乱していた。

「今夜は父もひどく興奮して取り乱していますから、お呼び立てしてはどうかと……。実は姉の気持ちをくんでわざとお迎えにあがらなかったのです」

「姉の気持ちとは？」

「夢二さんを想うあまりの、女心というものです。お察しください」

夢二は放心したまま、受話器を置いた。女心……痩せ衰えた肉体を見せたくなかったとでもいうのか。俺に逝くところを見せないで、とでもあの娘が言ったのか！　勝手なことばかり、今さら。

俺の傍で死なせてくれと懇願していたのだ。それを何で聞き入れてやれなかったのか、俺が看取ってやれなかったのか、こんな残酷なことがあっていいのか。一人で逝ってしまうとは。たった二十五歳の娘。

誰も二人を引き裂くことなどできはしない。どんなに酷い仕打ちを世間から受けようとも、二人の魂を引き離すことなどできはしない。

だが、死のみが二人を分かつのだ！

彦乃は死んだ。

死んでしまった、俺の魂は！

なぜなんだ。教えてくれ。この世に神が存在するのなら、なぜ無慈悲に、あの娘を連れ去ってしまったのか。

あんなに清らかで、あんなに慎ましい、あんなにもやさしい娘を、なぜ、こんなにも早く、この世から連れ去ってしまうのか。

たった二十五年の命。知り合ってたった五年のうちのほんのひと時しか、愛の幸福を与えられずに、ほんのひとかけらの愛の時間を大切に生きてきた娘を。

こんなにも酷い仕打ちを……。

たとえ寄り添えなくとも、あの娘がこの世に生きていてくれさえすれば、俺はあの娘の幸福を願って、どうにか生きていけたのだろう。

けれど、あの娘のいないこの世に、この人生に、いったい、何が残されたというのか。

真っ暗で何も見えない。

寒くて凍りつきそうだ。この胸は。

あの娘がいない。

彦乃……彦乃……愛しているよ。

おまえの声が、声が聞きたい……。

彦乃……おまえはどこへ行くのか。俺のもと以外に行くあてなどないものを……。

彦乃……彦乃……どこへ行く？

どうか、俺も連れて行っておくれ。お願いだ。彦乃……。

第四章　哀しき旅人

彦乃の死の知らせを聞いたその次の朝、放心状態でベッドに倒れこんだままの夢二を発見したのは、定宿である本郷菊富士ホテルの彼の部屋を訪れた画商だった。うつろな目をしてうわごとを繰り返す、その酷い有様に、夢二は発狂してしまったのではないかと、画商は驚いた。

ホテルを定宿にしていたことが彼の命を救った。周囲の監視の目が、決して一人で死んでいく時間を与えてはくれなかったからだ。

夢二はこのまま後追いをするのではないかと周囲のものを心配させた。不二彦は寄宿舎のある学校へ入れ、自分は家も借りずに、ずっとホテル住まいをする。

浴びるようにアブサンを胃に流し込み、胃壁を燃やし、血反吐《へど》を吐いた。かつて振り回したムラマサを喉もとに突き刺そうと何度も試みた。毎晩、ホテルの窓の桟に足をかけた。墓の中に眠る彦乃へ何度も何度も話しかけた。

彦乃の幻を追いかけた。

◇

すでに彦乃の闘病の時期から、夢二の部屋には、まるでやる気のない抜け殻のようになった画家の身を案じて、知人が新しいモデルを連れて来ていた。

彼女に最初に逢ったのは大正八年の春だが、そのときようやく十六歳の少女だったその娘、名前をカネヨといった。絵画モデル倶楽部の斡旋《あっせん》だった。

彼女に一目逢うなり、夢二は消失していた創作意欲が湧くのを感じた。なぜなら、彼女は選ばれし人であったから。

「まるで先生の絵から抜け出てきたような女なんですよ、これが」

斡旋した知人が言うとおりに、彼女はミューズが遣わした運命のモデルではないかと我が目を疑った。

それはまるで、ジャン・コクトーが自分の描いた理想の男性像を具現化した男、ジャン・マレーに出逢った必然のように……天から遣わされた運命的な出逢いというのが本当にあるのだと信じずにはいられないほどのことだ。時として芸術家はそのような必然に弄ばれる。

佐々木カネヨ……彼女は東京美術学校でモデルとして働き、そこでアイドルになっている存在だった。十二歳から東京に出てきて、尋常小学校しか出ていない教養のない少女は、その天性の美貌だけで世の中を渡りきっていた。

典型的な秋田美人で、その透き通った色白の肌には、毛穴があるとは思えない陶磁器のような滑らかさ。豊かで艶やかな黒髪、額はゆるやかなカーブを描き、その下に潤んでいる大粒の黒曜石の瞳は、大きく二重で切れ長ながら、少し愛嬌よく垂れているところが実に愛らしい。主張しないが整った小さな鼻はまっすぐ顔面を通り、瓜実顔《うりざね》もちょうど良い具合のところで鋭角にとがった顎で打ち切られ、その繊細な顎のラインにうまく鎮座した唇はまるで桜の花びらのように儚げでひかえめである。

夢二式美人の顔面配置の絶対値をこの娘は有していた。

ヌードモデルをも早くからしていたこの娘の身体は、年頃の男たちの前で平然と脱いでも絶賛を受けるばかりの、見られるがゆえの研ぎ澄まされた美へと昇華している肉体だった。

まさに生きた芸術品に、それを目にしたすべての男たちは魅了されずにいられなかった。もちろん夢二とてそうである。

まだ彦乃が入院中に初めてのモデルをしていたが、相手は子供。二十も年若い小娘であるから対象にしてはいなかったが、その美しさと若さには癒されていたのは間違いない。

彦乃が亡くなって、絶望に打ちひしがれていた夢二も、この少女から発散されるエネルギーと、天才的な生きたモチーフの彼女をモデルにするがゆえのインスピレーションによって、なんとか生き延びてこられたといっても過言ではなかった。

とにかく、この新たな出逢いが、夢二の画家としての人生を大きく変化させたのだ。

「先生、ここのところ、ぜんぜんモデルのお声、かけてくださらなかったわね。それに、ずいぶんと痩せてお顔の色が悪いみたい。どこか悪かったの？」

彦乃の死後、ようやくキャンバスに向かう気力を取り戻した夢二に、カネヨはいつになく明るい笑顔で問いかける。

「……ああ、少しね、具合が悪くて。……じゃあ、始めようか」

「うん、もう！　先生ったら久しぶりなのに、すぐにお仕事。いつもなんだかつれないんだもの」

「お仕事で来たんじゃないか。君のお話は楽しいけれど、私は制作しなけりゃならないんだよ」

カネヨは仕事相手に誰かれとなく甘えてかかる。特に相手が自分を一人前の女性と扱わないことにイライラするのだった。

「先生、まずはお紅茶いれましょね。ね、先生」


カネヨはスルリと夢二の心に入り込んできた野良猫のような女だった。少女の年であってももう充分に女の悲哀を経験した女だった。

悲嘆と落胆と絶望の日々の夢二にとって、次の恋愛など考えられるものではなかった。だが、肉体は意思とは別に飢えることもある。

それはかつての芸者とのあれこれや、性欲処理の類の女性関係と同じだ。なぜなら、カネヨは若くしてそういった男の欲望の受け身のままに生きてきた女性でもあったからだ。ただでさえ、若く美しく、自分の理想的な容姿をもった女に擦り寄られて、いつまでも忍耐を保てるはずはない。ほんの、遊びだった。かわいい人形遊びだ。それが火遊びになるのは時間の問題だったのだが。

カネヨは実に奔放な性を持つ野性の女豹で、それを駆る狩人はとても刺激的で狂乱し、手に入れた時はその上等な毛皮に頬擦りするが、次の瞬間に鋭い爪を立てられたうえに隠し持った牙で噛みつかれ瀕死で逃げ回ることになる。それがカネヨだった。

「先生、私ね、あの彫刻家にモデルの最中にやられちゃったのよ」

と、カネヨが告白した時には驚愕した夢二。しかも、そのような悲惨な出来事をあたりまえのように受け入れてしまう幼稚な娘。ある種の純粋さで、自分が性の対象として喜びを与えることを、女の価値として認識してしまっているところに悲劇があるのだ。

「あの人は御曹司だから、おっかさんが結婚相手にいいって言うから、旅行についていったのに、なんだかそれからうまくいかないの」

「飽きちゃったのって言ったら、学校のデッサン中に押し込んできて、オカネはあの男ともデキていたのか、って叫ぶの、困っちゃったわ」

最初はそういったカネヨの過去の男関係を興味深く聞いていた夢二も、モデルの回数を重ねて、自分のホテルの部屋で寄り添い話しているうちに、愛とはいえない同情心に近い愛着を持ってきた。

あまりに愚かでお馬鹿さんなこの少女は、奔放で自由な恋愛を楽しんでいるふりをして、実は男社会の色の駆け引きに翻弄され、逆に囚《とら》われてしまっていることに気がつかない。ましてや、そんなことを夢二が分析して教えてやっても、理解できるはずはないだろう。

この少女が不憫になった。あまりに美しいその存在感が、男たちに利用されてしまうためにある。それは、夢二にとって悲しいことだった。

――ほんとにお前は、好い児だ。だが、まだ、年のわりに知りすぎていることと知らなさすぎていることがたくさんある、それはだんだんわかってもくるし、賢いそしてはつめい（発明）なお前は、すぐに立派な女になれると思ふ。すてばちになったり、自分をさげすんではいけないよ。おまえは生まれも好いし、育ちも悪くない。ただいままでの境遇がお前に不用のものを教えたかもしれない。しかし、その仕事がまたお前をたいへん、わかりの好い娘にしたこともほんとうだ。だからやっぱりどんな境遇も、運命も、お前のためにむだではなかったのだよ。本当に信じておくれ。私にはお前の持っているものの中で一番好いものを知っている、お前はほんとに好い子なんだよ……

こういった手紙を出すころには、すでに心がカネヨの吐いたくもの糸に捕らえられていることに、一方の夢二も気がつかなかった。恋愛の相手になるはずがないのだ。このようにはしたない蓮っ葉な娘、と自分をごまかして。

同時に何人もの男と肉体関係を持ち、十二歳そこそこで性の手練手管を覚え知り、モデルをしている美術学校の学生の誰とでも気やすく寝てしまう尻軽女。それがカネヨだった。学生たちからはそのほら吹きの性格から〝うそつきおかね〟とあだ名される身の娘だった。

有名な責め絵師の伊藤晴雨《せいう》のモデルになり、十三、四歳でマゾヒズムの女の裸体画、緊縛されて逆さ吊りにされるような、ハードな絵を描かれながら、晴雨の愛人で暮らしたこともあった。

ついに、何回目かの夢二のモデルの時に、告白をした。

「この間、流産しちまったの。私、生みたかったなぁ。でも、誰が父親かわかんなくて、おっかさんは怒ったわ」

夢二は涙を流しながらカネヨを抱きしめた。

「もう、およし。自分を蔑《さげす》んではいけない、いけないいよ」

カネヨにとってもそんな態度をとる男は初めてだった。誰もがカネヨの肉体の魅力にとりつかれ、「愛している」とはささやいても、心から心配し、やさしく抱きしめてくれることはなかった。激しい愛欲表現だけがカネヨの今までの自分の存在価値の確認であり、生きる術だったのだ。

カネヨはこの男なら信じられると思った。そして、有名な画家である夢二は計算高いカネヨの母親や兄にとっても、娘の絶好の結婚相手に違いなかった。それから、家族ぐるみで夢二に対して寄りかかってきた。

救われるのはカネヨの素直さだった。本当は傷つきやすく、脆《もろ》いはずの少女が肉体のまやかしに自己欺瞞を引き起こし、傷の上に傷を塗り重ね、厚い血の瘡蓋《かさぶた》という甲羅を背負ってしまう。だが、その甲羅こそ、自分を自ら型にはめて束縛する異物なのだと、夢二は思った。

彼女は実は自分を痛めつけているにすぎない。それはマゾヒスティックで緩慢な自殺行為にすぎない。彼女をその底なし沼から救いあげるのは自分しかいないのではないか。すでに愛であった。

――お前の此後の身の上について、私はずいぶん愉快な幸福なことを考えている、そして、お前がお前の心もからだもだんだん私のものになってきて、それからもっともっと成長して私の好きな理想的な女になるようにねがっているし、すべての責任を持つことが出来るとおもふ

◇

彦乃が天に召されて一年目、夢二はカネヨと暮らし始めた。カネヨは意外にもきれい好きで、よく家事をこなした。実は天性の妖婦などではなく、天性の主婦なのではないかというくらい、割烹着《かっぽうぎ》を着て、夢二の身の回りの世話をする。だらしのない娘かと思っていた夢二はまた彼女の良いところを見つけ出した。

だが、ある日、夢二の借りた家の外から大騒ぎが聞こえてきた。

うそつきおかねとチョメチョメしないのは学校じゅうにいないぞ

うそつきおかねのチョメチョメ見たことないやつおらん
出て来い、おかね
出て来い、ばあかの夢二やい

その下劣な替え歌は、酔っ払った学生の団体だった。彼らは美術学校でカネヨをモデルにしていて、ちょっとした擬似恋愛をしていた仲間だった。彼女を猥《みだ》らなアイドルにしたてあげて、その性を貪っている男たちだ。

そこには嫉妬と欲望が渦巻いていた。自分たちのモデルが有名な画家の夢二に独り占めされたようで、腹いせにこのような子供じみたいたずらをしにやってきていた。

それはあまりに馬鹿げたことだとわかってはいたが、今、自分が庇護しているこの少女がこのように侮蔑を受ける過去の女だということと、こんな低俗な学生に相手をされる自分のみじめさに、押し黙ったままになる夢二だった。

「先生、お願い、私、これから先生の良い子になる。きっとなるから捨てないで、捨てないで」

夢二は女性にこんなふうに哀願されることは今までなかった。それはあまりにあからさまな自己防衛ではあると思ったが、「捨てないで」とすがるこの娘にかつての不二彦を見てしまうのだった。

もう、拾った傷ついた子猫は捨てられない。それは掃き溜めに育った高貴なペルシャ猫だった。夢二は過去を清算するためにも、カネヨを「お葉《よう》」と自分だけの名前で呼んだ。

「お葉、きれいな名前ね」

カネヨは嬉しそうに答えたが、それは夢二のシニカルなウィット「蓮っ葉娘」のお葉であることには気がつかなかった。


――お葉や……おまえの涙ながらにかいた日記はまったくおまえの神にゆるされるざんげぶみだ。おいそれと私におくるのだとおもってはいけない。神様へおかえしするのだと思って書くのがよい。私はおまえをせめることもさばくこともできないのだから、その日記によって、おまえも私もすくわれるのだ。そして、生まれかわった、あたらしい、うまれたての子供のような心持で、はじめから歩きなおしてゆこうね。おまえはどんなに罪のない子供になるだろう。


夢二はお葉を生まれ変わらせる救世主にでもなったつもりだった。お葉は過去のすべてを否定され懺悔《ざんげ》させられてしまう身になった。それでも、それを喜びとして受けとめた。お葉になったペルシャ猫は、すぐに身篭った。もともと母性愛の強い娘だが、こんなに早く赤ん坊ができるとは夢二も予想外だった。

プロのモデル業がにじみ出た美しい姿態。夢二式美人を体言した、儚くて、腺病質な女像、なよやかで、たおやかで、まるで雲の上を歩くような繊細さを持った妖精のようなお葉だったが、見た目からは想像できない健康体だった。

「赤ちゃんがほしいの」と言って叶わぬままに死んでしまった彦乃にできずに、こうしてまた望まれぬ子供が生まれる皮肉を呪う夢二だった。なにしろ、お葉とは結婚をする意思を持っていない。社会的にも許されない子供なのだから……ということは、ただの逃げで、実は、本心から自分が彼女との子供を欲しているかどうかが判断できない夢二だった。

不安だった。このいまだ人間的に成熟していない娘が、はたして子供の母親として、自分の妻としてどうなるだろうか……。

まして、過去のおぞましい記憶が絡《から》み合った。はたして俺の子か？

——おまえはすっぱいものがほしくなったなんて、ほんとうなら、ちょっと、おかしいね。どういうものかしらね。

夢二はひそかに日記にその疑惑を書いていた。女不信が子供の誕生によって蘇ってきてしまう。

夢二は自分の足枷《あしかせ》から逃げるように、出産直前にスケッチ旅行と展覧会に出かけてしまった。今では、頼っておんぶして、すがりついてくるだけのお葉に対して重責を感じていたのも確かだった。

父親不在のままで与太郎という不幸な子供は生まれた。生まれたと聞いても夢二は「どうしても帰ることができない用事が」と言い訳してなかなか帰らず、そのうち、与太郎が病気にかかる。その件を旅先の夢二に不安そうに手紙で送るお葉。近くに自分の母親がいるとしても、初めての子供の世話なのに、父親不在はとても不安である。

だが、やはり夢二は帰らず、次のような手紙だけを送るのだった。

――たへて久しい手紙を拝見。やっぱりわるかったのか。心細いだろうが、もう二、三日のしんぼうだ。与太郎のことよりおまえのからだが大切だ。どうか心もちをしっかりしていてくれ。おくさまにも、上田さんにも、たのんであげたから、雪駄を二足、白いのはつきぢのおじさん、茶色のが西出さん、おまえとおくさんのはいまつくっているところ……

与太郎は産後、数週間で亡くなった。お葉は嘆き悲しんだが、夢二はその深い嘆きには共感していなかった。つくづく、男の身勝手さ、自分の冷酷さに、自己嫌悪に陥る夢二だった。

すでに、このときから二人には亀裂が出来ていたことをお葉は知りたくなかった。他にすがる人がいなくなっていたお葉は、もう夢二についていくしかなかった。

彼女への不信。彼女の過去へのこだわり。それらを払拭したいがために、お葉への教育が始まった。自分好みの人形を育てるようなもの。

文章を学ぶために日記を書かせたり、本を読ませ、教養をつけるだけでなく、センスの良い夢二の選んだ黄八丈や紬《つむぎ》や銘仙、縮緬《ちりめん》の粋な着物を優雅に着こなすように躾《しつ》けられ、あらゆるところでポーズをとらされ、写真を写された。

お葉のモデルとしてのすばらしさは夢二のキャンバスに写し取られた。彼女のおかげで『黒船屋』を含む傑作が次々と生み出されていくのだった。

このように女として生まれたゆえの辛酸を嘗め尽くした女、お葉はこのときでまだ十八歳の少女にすぎなかった。

◇

夢二がお葉を内縁の妻とし、モデルとして生活し始めて二年が過ぎた大正十二年九月一日……関東大震災発生。この日、日本の首都は大きな破壊と打撃を受けた。

マグニチュード七・九の大地震のその時、夢二は仕事の打ち合わせのために柳橋の料亭に出かけようと、身支度をしていた。

激しい振動に慌てふためき、夢二は浴衣のままで外へ飛び出したが、足を取られて玄関に倒れてしまう。そのしばらく後にお葉が玄関までフラフラと出てきた。

「パパは私を置いて逃げ出したのね」

この衝撃の時に不可抗力ではないかと夢二は弁解したが、現実が真実を物語ることもある。確かに、お葉の身を案じる隙間がなかったのかもしれない。彼女は、このときに何かを鋭く感じた。

　お葉が男の間を自虐的に渡り歩いていたのは、早くに別れた父親へ対する愛の渇望の裏返しだった。なぜなら、男たちは、彼女の肉体を目的にするととてもやさしい。下心はかりそめのやさしさを形成する。床に入っても「かわいいね」「良い子だね」とささやかれ、大事にされる。そのやさしさだけが、彼女にとっての本物の愛と感じるのもつかの間、その後で男は冷たくなる。なぜなら、征服してしまったものは目が覚めて、他の男との共有物であることに対して恥をもち、心からの信頼は求められないものだ。

　だから、そのような女は次のかりそめのやさしさを求める。いつも男は出逢ったころが良い。そして、別れと出逢いを繰り返す。

　お葉を淫乱でふしだらな女と噂するものが多いが、それは実際は心の不感症であったかもしれない。男の数を重ねれば重ねるほどに満たされず悲しみも積もってゆく。

　お葉が本当に男に求めていたのは、快楽ではなく、やさしさだった。それが、初めて夢二によって示されたのだと思い込んでいた……その矢先に。夢二にとってはたいしたことのない問題がお葉にとっては大きなわだかまりとなっていた。

　夢二はこの震災の悲惨な状況をスケッチして回った。自分の愛した街が壊滅的な破壊を受け、人々は嘆き、狂い、叫ぶ。

　混乱の中で、真実を伝えなくてはならないと、画家である本分が顔をもたげ、夢二は風俗画家として自分がなさねばならないことを実感し、現場を無我夢中でスケッチした。それらは「東京災難画信」として都新聞に二十一回にわたって掲載された。

かつて社会派として、コマ絵を描いていたころの新鮮な気持ちと使命感のようなものが夢二に湧き上がってきたとき、彼はどこか清々しさを感じていた。

だが、またその一方では震災の直前まで取りかかっていた仕事の企画に賭けていた夢二の希望は、印刷所などの全滅によって頓挫した。新しいデザインの分野に意欲を燃やしていた彼は、友人の恩地らと共同で工房設立を考えていたのだ。その広告代理店の先駆けであった会社の社名はすでに「どんたく図案社」とまで決定していて、目の前に実現が約束されていたというのに。

そんな災いの中で奔走する夢二には、一人で不安なお葉の気持ちを理解する余裕がなかった。また、震災を機会に新居を建てている最中で、そちらの方にも夢中だった。常に男が自分のことを中心に思ってくれていないのは我慢ならない、自己愛に満ちた幼い女には、この孤独は耐えがたかった。

お葉の心に少しずつ、抑圧と澱《よど》みがたまってきていた。

年の暮れのある日、家の完成を待たずに突然に彼女の姿が消えた。

――パパ、すみません。お葉はこのうちを出て行きます。二度と帰らないでしょう。心配しないでください。それではさようなら。おげんきで。

それだけ書かれた置手紙を読み、夢二は心配して必死に探したが、彼女の家出癖は初めてではなかった。もともとそういう気質の無鉄砲さがある。いわば、夢二と彼女は自虐的な似たものどうしであり、だからこそ、彼女が帰ってくるだろうことを夢二はわかっていた。

問題なのは、彼女と同時に自分の書生の若者が姿を消したことである。

新年はお葉不在のまま新居で迎えた。夢二は自分のヨーロッパ趣味を取り入れたこの屋敷に「少年山荘」と名前をつけた。夢二がデザインしたその家は、京王線高井戸駅の近くの雑木林に建てられた、四百坪もの敷地のある瀟洒《しょうしゃ》な一軒家だった。

初めて自分のお城をもった夢二は、この家に長男の虹之助と二男の不二彦を呼び寄せて、今まで父親らしくできなかったぶんの愛情を注ぐつもりで家族形態にこだわった。

お葉はその新居に捨て猫のようになって帰ってきた。夢二は何も言わずに受け入れた。その後、具合を悪くしたと寝てばかりで、家出のことはまったくふれずに、聞かれないようにしていた。

これを機に息子とそれほど年の変わらない内縁の妻が同居する。そのうえ、数人の弟子たちが入れ替わりながら、ひとつ屋根の下で寝食を共に生活する。まるで、コミューンのような家だった。

ここにも、夢二と本物の夫婦になりたかったお葉の気持ちを無視したやり方があった。

夢二はお葉を一人の女性として対峙して見つめていなかったのではないか。お葉がパパと呼んだように、すでに父親代わりの気持ちで、この「本当は良い子であるあばずれ女」を更生させようなどと、そんな慈悲の気持ちが先立っていたのではないか。

だが、彼女は女であり、やさしさを求めてやまなかったのだ。

そこに、フラリと、書生も帰ってきた。

彼は、その夜、少年山荘で、服毒による自殺未遂をした。お葉への抗議による狂言だとも受け取れた。二人に何があったのかはおよそ察しがつくようなものだった。

彼女は職業病ともいえる媚態を備えていた。自分がどのように振る舞えば魅力的に見えるのか熟知することは、モデルの必須条件だ。それにまだ二十歳そこそこの、この美貌である。

夢二式美人になりきるために、彼の絵のモデルのポーズで小首を傾げれば、魅了されない男はいなかった。歩いているだけで罪な妖艶さだった。

夢二はそんな美しい彼女を専属にでき、自分の愛人とできることを誇りに思う反面、彼女への根本的な軽蔑はどうしても払拭できなかった。愛そうと思えば思うほど彦乃の純真な笑顔を思い出してしまうのだ。

愛の対極は憎悪ではなく、それは無関心である。憎悪も愛のうちだ。どんなに自虐的に自分を追い込んでみても、許されてしまうそれは愛ゆえではなく、無関心である。お葉がやさしく許されることが彼女にとっては残酷なことであるとは、夢二は自覚していなかった。

亀裂は修復できなかった。

◇

不二彦は一部始終を見ていたが、すでに、このころには父親の芸術家としての自由な生き方に諦念《ていねん》と理解を示していた。十四歳の不二彦は父親の「美術学校を出るべきだ」という忠告を聞き、文化学院を目指す芸術家志望だった。

綱渡りをするような傷つけ合う二人の男女を遠目で眺めながら、一番、お葉の悲しさを理解できたのは不二彦だったかもしれない。

「私はお葉……でも、夢二の絵の女の人とは違うのよ」

川端青年に、悲しげにそう答えたお葉のうつろな瞳のわけを不二彦は知っていた。それは他の誰にもわかりはしないだろう。

夢二の絵の美人は、誰がどう見てもこのお葉に酷似していて、確かにお葉がモデルにもなっている。けれど、お葉がこうつぶやいた言葉を聞いた。

「先生は、私の向こうに誰かを見ているみたい」

そして、不二彦にこう聞いた。

「ねぇ、チコさん、パパさんがお墓参りを欠かさない、あの女の人って、どんな人だったのかしらね」

不二彦は「知らない」と答えた。

先生は私を描いているのではない。

「憧れ続けた夢二美人が目の前にいた」と後に書き残した川端康成はこうもつけ加えている。

『夢二は素朴な田舎娘を着せ替え人形のような好みの女性に仕上げてゆき、現実のお葉も夢二の絵から抜け出てきたように、彼の人形であることを厭《いと》わなかった』

厭わなかったのは、そうしなければ愛されないからであり、実際にそうしても人形以上には愛されなかったということが現実だった。その人形遊びに、現実の女は疲れてしまうのだった。

不二彦は父の心にはもう誰も住めないであろうことをわかったいた。あれほど輝いた、父の時間はもう二度と取り戻せないだろうと。

一時は、お葉の裏切りに、彼女の細い首に手をもっていきながらも、彼女を許して家族のようにまた暮らしたのは、それは愛ゆえではなく、すでに最初から彼にあった女への諦念だった。

お葉は母親ともども、妻の座や入籍にこだわった。母親はとにかくこの娘と自分の安定を望み、そのような愚直な凡庸さ、卑しさが夢二には我慢のならないものだった。娘が家出して不義をしていたのを知っても、夢二にとりすがるばかりだった。

いつしか、彼女を妻にしようとは考えず、今さら自ら縁を切ることもできずに、彼女の呼び名のとおりのパパになろうと考えた。

表面上はそう取り繕っても、やはり二人は夫婦と見られ、二人で街を歩いているとき、通りすがりの男にお葉が「淫売」と野次を飛ばされたり、彼女の醜聞を小説に書いて送りつけてくるものがあったりと、そんな女の清算できない過去の遺物に悩まされ続けた。

きっと夢二の心にも自分では制御できない鬱憤《うっぷん》と歪《いがみ》ができあがってしまっていたのだろう。お葉が体調を崩し温泉で療養している最中に、山田順子という新進小説家の毒牙にかかってしまう。

彼女は夢二に私小説の『流るるままに』の装丁を依頼した。その小説は自分が夫と子供を捨てて小説家を目指す内容で、その後、いろいろな男と浮き名を流したことを、まるで戦利品のようにうたいあげたナルシスティックなものだった。

どことなく品のなさがあるが、やはり秋田美人のこの女性はお葉と違って自立する才媛《さいえん》であることを主張する人だった。

「芸術とは……私が思うに……芸術は」

というのが口癖だが、秋田訛《なま》りがひどく「ゲイズツとは」になるのが滑稽《こっけい》で、以前の夢二には絶対に受け入れられないタイプだったはずなのに、彼の中ではお葉に対する何がしかの反抗がそうさせたのかもしれないが、彼は彼女に伴って旅行をしてしまう。

そのとき、それが仕組まれた売名行為であったことは、自分と順子のゴシップが新聞に掲載されたことから判明した。

お葉との別れはその後すぐにやってきた。


——お前が新聞をよんだことも、東京のたよりをきいたことも知った。おれが知らなかったのは、あの新聞のように形のうえではっきりと何も決まっていないからだ。あの新聞はどこから出たかしらない。お前をも、あの女をもきっとくるしめたとおもう。つまらないことだ。しかし、おれはとりけしなんか出して、新聞記者のワナにかかるのがいやだから、黙っておくつもりだ。長い時間がきっと解決してくれるだろう。お前はまだしもあの新聞の記事くらいですんだのを喜ばねばなるまい。お前はあの記事を読んでから強くなったと言っているが、お前はいつもおれのまえへあらわれると強くなる、あの強くなり方ではないだろうか、それを心配している。去年の春もおれにつまらない女ができたとき、お前は強くなって、いろんな男を手当たりしだいにさがして、愛でも恋でもない、ただ肉体のことだけおれに復讐をして、自分の心をまぎらそうとしたと思う。……運命を超えて、自分の力で、自分のゆく手をひらいてゆくとおまえはいうが、自分の力というものがはたして自分のものだろうか。一体、人間が生まれてきたことが自分の力だろうか、生まれてくることも、死ぬことも自分でできると思えるか。おれはどうもそうおもわない。

おれの人形は、うつくしくて、なつかしい、やはりなんといってもおれのものだ。……おれはおれの作った人形を捨てることは、死ぬまでできないようだ。しかし、おれの人形はどうも生きているらしい。おれはあんまり上手に作りすぎたようだ……

お葉はこの言い訳がましくも、未練がましい、そして、やはりお葉の不実への責めの言葉が繰り返される手紙を読んで、夢二と自分の心の乖離《かいり》を自覚するのだった。

パパ……馬鹿ね。あんな女との浮気だの、なんだの、そんなことは問題ではないのよ。私は、あなたに私という女のすべてを受けとめて欲しかった。

私はかわいい人形じゃない。タバコもお酒もやめろですって……そんなことで縛りつけて何になるの？　あなたの絵の中の女を演じるのはもうたくさん。

私は人形ではいられない。

そして、私はあのお墓の中の女性《ひと》とも違う。私は私。私はお葉。

私の真実を愛して欲しかったのに……。

お葉は夢二のもとを去った後、以前からかわいがってもらっていた藤島武二画伯のモデルを務めた。

大正十五年に制作されたその絵は『芳蕙《ほうけい》』と題され、ルネッサンスの肖像画風のお葉の横顔が緻密《ちみつ》なタッチで描かれていた。

そのタブローには生きているお葉の息づく美が集結されていた。夢二式美人のお葉の姿はまったく感じさせず、藤島は五年も一緒に暮らした夢二よりも、お葉そのものの魅力に気づき、それを表現してくれたのだろう。

お葉自身は夢二の女を演じることに終止符を打ち、解放された。

だが、絵の中の夢二式美人のお葉の哀愁は、曖昧な対象だからこそ愛に悩み、傷つく普遍の女の哀愁として画面に残り続けるのだろう。

誰がどう見ても売名行為で近づいてきた小説家の女と逃避行し、さらに悪名を流し、それによってお葉との別れがこようとも、少年山荘にそれから何人の浮ついたモデルの女性が現れようとも、不二彦はただ父の背中を黙って見ているだけだった。

◇

やがて時代は昭和へと変遷し、流行はすたれ、大衆に飽きられ、大きくなった名前だけが世間に知られた夢二は恋愛遍歴に終止符を打ち、ついに洋行の夢を叶えたが、それは思いもよらぬ不評のうえで、夢二を苦しませるだけでしかなかった。

〝大正の歌麿〟ともてはやされた夢二は、ジャポニズム流行のヨーロッパやアメリカで高評価される浮世絵のように、自分の絵もきっと認められるものであろうと予測して勢い勇んで渡航したのだが、彼の作品は所詮は水彩画のイラスト扱いでしかなかった。日本的な感傷や情緒は世界に通用しないものであることを思い知らされた。投資目的に買おうという客も来なかった。

結果的に、アメリカからヨーロッパを渡る二年の月日は、夢二に挫折と老いと病魔をもたらした。

昭和八年の晩秋に帰国した夢二は体調を崩していたのだが、そのまま台湾の旅に出てしまった。そこでは案内役をした画商に騙されたのか失敗したのか、持参した絵も描かされた絵もすべて奪われたうえ、一銭も支払ってもらえずに傷心と落胆を抱えて病身で帰宅した。

咳と熱が出て、なかなか良くならず、友人の正木不如丘《まさきふじょきゅう》医師が正月明けに診察し、「これはいけないいからすぐに療養させよう」と信州富士見の高原療養所に入ることになった。

「ぼくも一緒に行きます」

と、不二彦が言うと
「犬の子じゃあるまいし、俺にも用意があるよ」

と、夢二は断って、まるでそのまま旅行に出るように、スーツケース一個持って新宿駅から松本行きの列車に乗った。

見送る不二彦は、病人とは思えない元気さの父に、すぐにまた会えるだろうと軽い気持ちで手を振ったのだが、それが最期の別れになるとは思いもしなかった。

四月十八日
死期がちかづいているらしい。しかし死期というやつはどうも虫が好かぬ。

五月
東京牛込町二十九栗山安兵衛まつか、松香は私の姉で最も私を愛しています。彼女を悲しませるのは辛い。だが、みんな辛いよ。
知らせる人、それだけ、外にアリシマ（有島）。

誰ひとり顔見むと思う人もなし死ぬも生くるもゆくもかへるも

「そっと一人で逝きたいのです。それが最後のお願いです」

夢二は誰にも看取られずに、孤独のうちの死を願った。かつて愛した女性たちも、子供たちも、弟子たちも、誰にも会おうとはしなかった。そこには弱った自分を見せたくないダンディズムがあったのかもしれない。

もし、哀しい最期を見られるとしたら、自分の幼いころからすべてを見抜いている姉の松香だけなら、それを許せるかもしれない。だが、結局は身内の誰一人も夢二の臨終には立ち会えなかった。

療養所の病室では、自ら記録写真を撮っていたが、ガウンをはおり、籐《とう》の洋椅子に斜に構えてポーズを取った病人らしくない記念写真のようなものだった。最期まで自分の人生を自分の手で演出したいという芸術家の顔だった。

病室では本名の竹久茂次郎と名札をつけ、夢二であることを知られるのを拒んだ。入院の日に正木博士は看護師たちに、

「これは普通の入院患者ではなく、私個人の友人であるから充分に注意してほしい」

とだけ告げ、入院費も一切受け取らなかった。

◇

昭和初期にはまだ抗生物質が存在しなかったため、結核には澄んだ空気と明るい陽光の中で十分な栄養と静養する以外、治療法はなかった。

夢二の体を気遣って、なかば強制的に療養させた友人である正木不如丘医師は、東京大学医学部を優秀な成績で卒業し、福島の県立病院院長を経てパリのパスツール研究所に留学した人で、医師として志が深く、当時、日本で唯一の『高原サナトリウム』富士見高原療養所の所長を務めた。そこは、結核患者にとってまさに理想的な環境であり、当時全国から数多くの患者が富士見高原療養所に集まってきた。

だが、良心的な彼の経営は芳《かんば》しくなく、彼は小説家・随筆家、さらには俳人として活躍をしながら、それで入った資金を療養所につぎ込んで研究を続ける人だった。そして、夢

二に対しては、友人として治療費さえも受け取らないという、尊い人格の持ち主だった。

夢二は正木医師の友情のもとで手厚く看護されていた。

「竹久さん、お身内の方がご面会したいとのお電話がありまして」

看護婦が伝えた。

「誰にも会わない。会いたくないのです。面会はお断りしてください。誰であっても」

夢二は頑なに面会を拒絶していた。

「君、どうして誰にも会わないいんだい。せめて友人には顔を見せてやりなさいよ」

正木医師は夢二にそう言ったこともある。

しかし、

「死ぬ時くらいは自分で思ったように死にたいものだ」

と言う。

「死ぬなどと弱音を吐かないでくれたまえ。僕は君を治したいんだから」

「正木くん、ありがとう。しかし、君、死というものは自覚ができるものなんだとようやくわかったんだよ。いっそのこと、これ以上に苦しい思いをし、やせ衰えていくくらいなら、いっそのこと……」

「何を馬鹿なこと！」

「お願いだ……わかって欲しい……」

夢二は涙を流した。

「君、君を救いたいんだ」

正木医師は力強く言った。

「心から感謝しているよ。けれど、本当に救われるのは、静かに死ぬことなんではないのか」

「……医者は、命を救うものだ……」

正木医師は唇を噛んだ。


昭和九年五月十七日。

午後三時、友人の有島生馬が夢二に逢えぬ淋しさに耐えかねて見舞いに来た。

夢二は親友の嬉しい訪問に、それまでの頑なな面会拒絶の態度を軟化し、心から歓待した。衰弱した身体で精一杯の演技をして見せた。

「ああ、描くよ。すぐによくなって新作をがんがん描いてみせるさ」

目を輝かせるようにそう言った夢二。

「心待ちにしているぜ。俺は思うんだ。オスカー・ワイルドが言う『芸術が自然を作る』というあれはさ、君の描く〝夢二の女〟のことをまさに表現していると思う。君の描く女はさ、こう、絵から抜け出してくるじゃあないか。もっともっとそんな女を描いてくれよ」

「ああ、描くよ。描くともさ」

有島は夢二の様子に安心したように、「親友をよろしく頼む」と正木医師に告げ、療養所を後にした。

「竹久くん、やはり顔色も良くなって、人に逢うことは刺激になるじゃないか」

　正木医師が言った。

「彼は俺の絵を待っているらしい」

「そうだとも。僕もファンの一人として待ち望む」

「筆を握る力というものが必要なんだがな」

　夢二は骨ばった右手を見つめた。

　正木医師は、すぐにその弱音を振り切るように言った。

「思い出すよ。君。僕はパリの街で、何枚もの芸術作品に出逢った。ルーブルは素晴らしいね。まさしく宝庫さ。だが、しかしね。僕のアパートの部屋の壁にはルネッサンスのどんな巨匠にも負けはしない、ある一枚の絵が貼ってあったのだよ。小さな絵だ」

「ふうん、そうかい」

「夢二絵さ。君にもらったやさしい笑顔の日本の女。そのはにかんだ笑顔が、いったいどんなに異国で孤独に研究する僕の心を安らげてくれたものか、残念ながら当の君にはわからないかもしれないね。肉体を軽蔑するような今のへこたれた君には」

「肉体の軽蔑か……いや、かつての私はそうだった。いまや、違うよ。肉体をどんなに確信したものか」

「ならば、生きよ。『生よ、いま一度』」

「ツァラトゥストラか……」

「ああ、ニーチェの叫びさ。生きている限り、人は自己の行く先に希望を抱く。あるがままの自己をよりよく超えていこうとする。それが『自己超克』だろう？」

「ああ、しかし……彼は、その運命のあまりの重さに意識を失ったんじゃなかったか？」

「竹久くん……」

「ニーチェなら病者の認識についても語っているだろう。なんらかの幻想のうちに騙し騙し生きてきたものも、病の苦痛による最高の覚醒を得ること、それが幻想から引き離される唯一の手段だと……私はそうして、その冷ややかで知的な恩恵によって、外部をも見つめなおすことができたんだと思う」

「病による覚醒か。もちろん思考は研ぎ澄まされるが、それは自己の生をいかに見極め、それをどう堪能するか考える機会を与えられたということなのではないかい。ニヒリズムに陥ってはいけない。ああ、ニーチェはいけない。ニヒリストは好きではない」

「それならば、私のレゾンデートルを教えてくれたまえ」

と、夢二は吐き出すようにつぶやいた。

「君が存在する理由なんていくらでもあるさ。人は生きている限り、何がしかの理由や意味がある」

「では、死にも意味があるかもしれない。苦しみからの救済という意味が」

「それは死ではない！　病の苦しみからの救済は死ではなく、治療なんだよ。だから僕は生涯かけてこの許しがたい病に立ち向かう。才能の芽を摘んでしまうような、この憎憎しい菌と格闘しているのさ。君が生きのびる理由はそれだけでも大きいんだ。君を救う理由もそこにあるじゃないか」

「だが、それは君のレゾンデートルだ。私のものではない」

「きみ……」

「『医者よ、あなた自身を助けなさい。そうすれば、あなたはあなたの病人たちをも助けることになる。病人の何よりの助けは、自分自身を癒す者を、間近に見ることだ』とかなんとか、そんなことも言っているだろう。ニーチェは」

「もう、やめてくれたまえ！　君は僕の友だ。存在理由は友であることだ！　こんな病で死なせてたまるか！　もう二度と弱音なんか吐かないでくれたまえ！」

温厚な正木医師は珍しく興奮して訴えた。療養所では、どんなに手厚い看護をしても、結核患者の死は連日のように目の当たりにする。夢二もその渦中にいる。

研究に研究を重ねながらも、当時の医学ではなかなか克服できない病に、この優秀な医師は夢二とは別次元で苦悩や絶望と対峙していたのである。


その日の夢二の日記。

一一シタツテユク・アリシマ
とはけふ新宿発の時間である。

三時にきた　わざわざ見舞にきたと知り涙が出る。
セル、ヒトエ物菓子等々。
ボクは死にたい。
そんなことはない。
なにのための養生かわからぬ。
生きんすべてのものと友情を失つたる今、
こんな友情がまだ地上にあつたのか。
それでさへ生きてどうなる？

この月、夢二はヘルペスを発症し、ついに右手の自由がきかなくなってしまった。

「正木くん、画家が右手を失うことがどんなことか、君にはわかるだろう。絵筆を握れないことが、どんなに絶望か、わかるだろう。後生だ。どうか、もう、これ以上、苦しませないでくれ……私を助けてくれ」

夢二は哀願した。

「竹久くん……僕は、僕は医者なんだよ」

「医者であるけれど、そのまえに親友だ。君は誰よりも信頼できる親友だ」


九月一日。

高原を見下ろす八ヶ岳連峰から冷たく透明な風が吹き、カラマツと白樺の木々の間を通り抜けていく。療養所の庭一面に、吾木香《われもこう》の暗赤色の丸い穂がやさしく揺れている。

「ピッピッピ……クルル……」ときれいな声で鳴きながら、キビタキが、どうやら引越しの準備に追われて、せわしげに鮮やかな黄色い胸元の羽毛を見せながら飛び交っている。

夏の終わりを告げる朝。


「先生！　竹久さんが！」

看護婦が院長室に慌てて駆けつけた。

正木医師はその様子に、険しい顔つきになりながら、無言のままで白衣を掴み取り、それを着もせずに部屋を出た。まだ出勤した直後のことだった。

◇

昭和九年九月一日永眠。享年四十九歳。

担当の医師と三人の看護婦に見守られながら、孤独に天に召されていった。

自分の病状を知らせず、肉親の誰にも看取られることなく亡くなった夢二の最期の言葉は、

「ありがとう」

だったとされる。

不二彦はその時、仕事で海外にいたため、父の訃報《ふほう》を新聞紙上で知ることとなった。父を奪ったその病魔は、奇《く》しくも彼がかつて愛した娘と同じ肺の病だった。

父と母は憎しみの末に別れたと思っていた。だが、その後に知人によって手もとに戻された母たまきの絵、明治四十四年に夢二の描いた『いさかいの後』という作品の裏書きを読んで、不二彦は認識を新たにした。


――今、この絵を私の手からはなすのはなごり惜しいのです。これは私の別れた女。ある時の心持のよく出た絵です。私だけには忘れられぬ追想があるのです。まぁちゃん、私はお前を私の手からはなしたくはないのだよ。でもいまはもうそんなことを言っていられない。……それでは、さようなら、まぁちゃん……


そこには不二彦が幼児期に見たことのある、夫婦喧嘩の後に泣きつかれた母がうなだれている具象画のスケッチが描かれていた。やさしい絵であった。

理想的な父親像からは程遠く、自分を含め三人の息子たちは、親である夢二とたまきの気ままさに翻弄された子供時代に苦い想い出が重なり合ってはいたが、親の死に目に会えなかったことを不二彦は心から悔やんだ。

不二彦の脳裏に、あのもっとも平和で幸福だった京都時代の幼年期が蘇るのだった。

彼は身内に誰一人として看取られなかった父親を不憫に思いながら、その死について思うことがあった。

「あんなに人気画家だった夢二さんの最期は本当に憐れなことで……」

「有名人も忘れさられてしまったら悲しいものですな」

「たったひとりぽっちで逝かれて、さぞ、お淋しかったことでしょうねぇ」

「落ちぶれ果てたものだなぁ」

無責任な人間は残ったものに対して辛辣《しんらつ》に批判めいたことを言う。確かに、親の死に目に会えなかった自分は哀しい息子だった。

しかし……父は本当に不幸な最期を遂げたというのだろうか？

父の死に顔を見た時、その顔はとても若返って、まるで青年に戻ったかのような印象を受けた。苦しみ、悶絶したような死に顔でも、孤独の抜け殻でもなかった。

療養所に行く前のこと、

「肺病になるとは、パパさん、あれからもう十年になるのにね」

「彦乃のことかい？　はは、彼女からうつっていたのなら本望だなぁ」

と、笑った父を思い出した。それは彼特有のシニシズムかと思ったが、その喜びは本心だったのかもしれない。

父の残した日記があった。当時の家族の様子がありありと描写されていた。日記といっても、父子二人で暮らした日々のそこには「チコが熱を出した」「チコがかわいい寝顔で」

「チコが……」「今日もチコと……」と自分の名前ばかりが書かれているのを胸を痛めながら読んだ。

同時に、長男の虹之助の心配も、赤ん坊のころに里子に出された父とは縁の薄かった弟、草一の名前も書かれており、「よそにはやりたくない」と苦しい胸のうちがあった。そのように、父親が思っていたのかと、今さらながら、寄り添えなかった家族を哀しんだ。

そして、病床で書かれた日記には熱にうなされながら書いた彦乃への言葉があった。

また、その後の死の直前の乱れた文字を読んで不二彦の心臓は暴発しそうになった。

療治などせずに、死んだ方が好いのだ。医者もさう思っても、さうは出来ぬところに
患者と医者の黙契した辛さがある。つまらない社会制度だ、へまな道徳だ。
ひと思いに死ぬる方法を患者がとる外道はない。

いつ死ぬときめてないがどうも自殺せねばおさまらぬやうだ。
それにしてもうごけぬ病人に死の方法は少ない。

死に隣る眠薬や蛙なく

父は、父は……

自分にとって幸福な死を選んだのではないだろうか……。

終章　一度きりの真実

夢二の死後一ヵ月ほどしたころに、療養所にある女性が訪ねてきた。

その女性は正木医師に「夢二がたいへんお世話になりました。私でできることがありましたら、どうかお力になりたいのです」と訴えた。

そして、それから三ヵ月間、彼女はそこで無償で働いた。しかも、雑役婦として誰もがいやがる仕事を率先し、患者が使用して汚れた寝具を仕立て直したりという作業を黙々とこなし、看護婦たちは、そんな彼女の姿に胸を打たれた。

「いったい、あの方はどなたなのでしょう」

彼女のことは誰も知らなかった。

正木医師が名前を告げたのは、彼女がそこを去った後だった。

「あの人はたまきさんといって、竹久くんの前妻さんだよ」


その後、不二彦は伯母から父の遺品だとして、指輪を渡された。

それは、いつも夢二が指から離さなかったプラチナのシンプルな指輪だ。その指輪をながめていると、ふと、あることに気がついた。

指輪の裏側に何か彫ってある。

「ゆめ35しの25」

それを見つけたとき、不二彦の目から涙が零れ落ちた。父が不二彦に宛てたアメリカからのエアメールで書いていた文章を思い出した。

――「いったいあなたの何回目のバースデーですか」と卓につくと話の口をきったのは、ナヅモだ。

「三十七回目です」とハンカチで口をふきながら答える。

「そうですか。そうじゃないでしょ」正直にミスターOが抗議する。

「私は三十七の年に死んだことになっているんです」……


彦乃が亡くなったときの夢二の年齢は三十七歳だったのだ。

だが、この指輪に刻まれた三十五という年齢にも不二彦は思い当たることがある。

彦乃が逝ってから、父と二人で旅行し、旅館に宿泊する際、宿帳に記入する夢二の年齢がいつまでたっても三十五歳だったことだ。その年齢の記入は、いくつになっても変わらなかったのを思い出す。

晩年、昭和六年に描かれた夢二の傑作『榛名山賦《はるなさんぷ》』はおそらく春の女神・佐保姫をモチーフにしたものであるが、そこには「自分の一生涯におけるしめくくりの女だ。ミスニッポンだよ」と夢二本人の解説がある。

その絵の顔を見て、不二彦は驚いた。それは夢二式美人を代表する女性像ではなく、あの人に生き写しだったからだ。

卵型の丸い顔、少し下がった従順そうなつぶらな目、小さな鼻におちょぼ口、まさに、彦乃の顔だった。

　また、正木医師により不二彦だけが聞かされた真実のほかに、彼にだけ渡されたものがあった。夢二の死後、病室のベッド脇のチェストの引き出しに三通の手紙が入っていたのが発見されたという。

　一通目。

「許しておくれ、美しき眼の人よ」

と、一行だけしたためられ封筒に。

これはたまきに宛てたものだろう。

二通目。

「ありがとう。おまえの姿は夢二絵だ」

と、一行。

　これはお葉に宛てた手紙。

三通目。

「九月一日の朝出した手紙が貴女への最後の手紙。今から行くよ。……生き死にさえも知るよしもない遠い、遠い旅人」

　と……。これは……。

　すでに亡くなっていたはずの日付の最期の手紙はひどい殴り書きで、文字の乱れがあまりに哀しかった。

不二彦は思った。

待てど暮らせど来ぬ人を待つやるせなさ……それは夢二がそう感じて書いた詩だが、本当は、その詩は夢二をめぐる女たち、たまきやお葉やそのほかの女たちが哀しく切なく歌うものなのではないのかと。

待てども待てども、夢二の心は自分のものにならない。

あの人の心はたった一人の人のもの。

生涯たった一度の真実の愛。

待てど暮らせど来ぬ人を
宵待草のやるせなさ
今宵は月も出ぬそうな

この作品は、竹久夢二の生涯をもとに書かれたものであり、細部の描写や表現等はフィクションです。

参考文献

『夢二日記1～4』　筑摩書房　長田幹雄編
『夢二書簡1・2』　夢寺書坊　長田幹雄編
『自伝画集出帆』　龍星閣　竹久夢二著
『本の手帖1特集・竹久夢二』　昭森社　森谷均編
『本の手帖7特集・竹久夢二』　昭森社　森谷均編
『別冊太陽竹久夢二』　平凡社
『お葉というモデルがいた』　晶文社　金森敦子著
『竹久夢二』　紀伊国屋新書　秋山清著

著者プロフィール

野村 桔梗（のむら・ききょう）

愛知県出身、京都市在住。画家・小説家。
主な著書として、『夢二　愛こそはすべて』（九天社刊）『その猫に何が起こったか？ What happened to the cat ?』（国書刊行会刊）『オガタマノキの館』（駒草出版刊）がある。

竹久夢二のすべて

2008年3月25日　初版発行

著　者　野村 桔梗
発行者　井上 弘治
発行所　駒草出版株式会社
〒110-0016　東京都台東区台東1-7-2秋州ビル2F
TEL：03-3834-9087
FAX：03-3831-8885
http://www.dank.co.jp/top_komakusa.html

印刷・製本　株式会社ソオエイ
カバーデザイン　株式会社ベストナイン

ISBN978-4-903186-58-0 C0095

※本書は、「夢二　愛こそはすべて」（九天社刊）に、大幅に加筆・修正を加えたものです。